Königs Erläuterungen und Materialien
Band 386

Erläuterungen zu

Patrick Süskind

Das Parfum

von Bernd Matzkowski

unter Mitarbeit von Immacolata Alessio, Michaela
Hohage, Viola Klammer, Annegret Rust

C. Bange Verlag – Hollfeld

Herausgegeben von Klaus Bahners, Gerd Eversberg
und Reiner Poppe

2. Auflage 1994

ISBN 3-8044-0392-1
© 1994 by C. Bange Verlag, 96142 Hollfeld
Druck: Druckhaus Beyer GmbH, Langgasse 25, 96142 Hollfeld

INHALT

0.Vorbemerkung zur (Neu-)Auflage

> "...denn unsere Sprache taugt nicht zur
> Beschreibung der riechbaren Welt."[1]

In der 86. Ausgabe der Fachzeitschrift "Praxis Deutsch", die dem Thema "Bestseller" gewidmet ist, findet sich neben didaktischen Modellen zu Michael Endes "Momo", Umberto Ecos Roman "Der Name der Rose" und Christa Wolfs Erzählung "Kassandra" auch ein Aufsatz zu Patrick Süskinds Roman "Das Parfum".[2] Und dies nicht zu unrecht.

Denn wie die anderen genannten Werke ist Süskinds "Geschichte eines Mörders", so der Untertitel, tatsächlich in kürzester Zeit zu einem Ver- kaufserfolg geworden.

Bereits wenige Monate nach dem Erscheinen war die erste Auflage mit über 100 000 Exemplaren vergriffen. Rasch folgten weitere Auflagen, und kaum zwei Jahre nach dem Erscheinungsjahr 1985 waren über 600 000 Exemplare im deutschsprachigen Raum verkauft, weit über 200 000 Exemplare in Frankreich und 150 000 in Spanien.

Übersetzungen in mehr als 20 Sprachen, darunter Katalanisch, Finnisch und Japanisch, dokumentieren den internationalen Erfolg des Romans, von dem 1991 in Deutschland 1,2 Millionen und weltweit 6 Millionen Exemplare aufgelegt waren.[3]

Süskinds Werk ließ nicht nur die Kassen des Verlages und der Buch- händler klingeln und fand nicht nur eine rasch wachsende Schar von Leserinnen und Lesern. Auch die Feuilletons überschlugen sich schon bald nach dem Vorabdruck des Romans in der "Frankfurter Allgemeinen Zeitung" vor Begeisterung. "Süskind zelebriert Prosa als Sinnen-Genuß"[4] heißt es bei Thomas Hocke, Gabriele Alings nennt den Roman ein "spannendes, intelligentes, klug konstruiertes, sehr gekonnt geschriebe-

---

1 Patrick Süskind, Das Parfum, Zürich 1985, S.160 (ab jetzt abgekürzt:Parfum)
2 siehe Norbert Berger, Patrick Süskind, Das Parfum.In: Praxis Deutsch 86, Seelze 1987, S. 58-62
3 vergl. N.Berger, a. aO., S. 58;J.P.Wallmann gibt eine Startauflage von nur 50 000 Exemplaren an, vergl. hierzu J.P.Wallmann, Der Duft des großen kleinen Genies.In:Deutsches Allgemeines Sonntagsblatt Nr.15 v. 14.4.1985, S. 27
4 Thomas Hocke, Duftige Morderätsel aus dem Paris Watteaus. In:Rheinischer Merkur/Christ und Welt Nr. 13 v. 23.3.1985, S.21

nes Lesefieber-Buch"[5], da ist von "Erzähllust" die Rede und davon, daß
Süskind "so leicht und locker, so behend und gelenkig" erzähle.[6] Und
Marcel Reich-Ranicki, damals noch Literatur-Chef der FAZ, konstatierte
apodiktisch:"Jedenfalls ist es schön, endlich einmal feststellen zu können:
Unsere Literatur hat ein Talent mehr und ein erstaunliches obendrein."[7]

Die wenigen skeptisch-kritischen Stimmen gehen im Lobgesang der
Kritikerkaste nahezu unter.[8] Es tut sich also die Frage auf, worin der Erfolg
des Romans begründet liegt, was die Faszination des Nasenmonsters
Grenouille denn ausmacht?

Ganz offensichtlich bedient der Roman auf vielfältige Weise die unter-
schiedlichsten Interessen von Leserinnen und Lesern.

Der traditionelle (um nicht zu sagen: anachronistische) Erzählstil ist
eingängig.Eine Geschichte wird, unter nahezu vollständigem Verzicht auf
die Elemente moderner Romane wie Montage, Rück- und Vorblenden,
Perspektivwechsel, innerer Monolog u.a., weitgehend einsträngig chronologisch erzählt.[9] Ein auktorialer Erzähler nimmt die Leser bei der Hand und
führt sie in die Welt seiner Charaktere und in die stinkende und duftende
Welt des 18. Jahrhunderts in Frankreich ("Zu der Zeit, von der wir reden,
herrschte in den Städten ein für uns moderne Menschen kaum vorstellba-
rer Gestank.",Parfum, S.5). Der Roman trifft dabei auf eine Leserschaft,
die sich vom (stilistisch) Experimentellen und Riskanten gleichermaßen
abwendet wie von einer Literatur der subjektiven Nabelschau und der
dürren Intellektualiät und stattdessen dem literarisch Deftigen, aber
handwerklich Perfekten den Vorzug gibt. "Die Literatur der letzten Jahre
hat deutlichen Überdruß gezeigt an allem Vernünftigen, Aufgeklärten,

---

5 Gabriele Alings, Dufte/Patrick Süskinds "Parfum" ein Mörder auf der Suche nach dem Duft aller
   Düfte.In: Die Tageszeitung Nr.1578 v.4.4.1985, S.8
6 Rainer Hartmann, Die feine Nase des Grenouille - Erzähllust entführt in eine Welt der Düfte. In:
   Kölner Stadt-Anzeiger 68/28 v.21.3.1985
7 Marcel Reich-Ranicki, Des Mörders betörender Duft/Patrick Süskinds erstaunlicher Roman
   "Das Parfum".In: Frankfurter Allgemeine Zeitung Nr. 52 v. 2.3.1985
8 vergl. etwa Beatrice von Matt, Das Scheusal als Romanheld.In: Neue Zürcher Zeitung,
   Fernausgabe 61 vom 15.3.1985, S.43; und selbst von Matt konzidiert dem Autor bei aller Kritik
   immerhin, er habe einen "bestechenden Einfall" gehabt (vergl.von Matt, a.a.O.)
9 der Autor weicht nur in wenigen Ausnahmenfällen und recht behutsam von der Chronologie ab,
   so beispielsweise beim Vorgriff auf das zukünftige Schicksal Madame Gaillards (vergl. Kap.5
   des Romans);

Gedachten (und also auch: Erzählten). Sie entdeckte - wenigstens behauptete sie das - 'den Körper', 'das Begehren'.Ihre Sprache war das Stammeln, ihre Vernunft meist nur ein vernunftkritisches Vokabular. In diese etwas flache Szenerie ragt Süskinds 'Parfum' als eine herrliche Gegenkulisse".[10]

Neben dem Erzählstil des Romans spielt auf dem Hintergrund gewandelter Leserinteressen deshalb sicherlich auch die Motivwahl eine Rolle. Süskinds monströser Mörder hat etliche literarische Vorbilder, um nicht zu sagen Vorväter. Hugos **Quasimodo**, der Glöckner von Notre-Dame, ist zu nennen, mit dem Grenouille das häßliche Äußere teilt. Chamissos **Peter Schlemihl** hat keinen Schatten, Süskinds Grenouille keinen Eigengeruch. E.T.A. Hoffmanns Goldschmied **Cardillac** sieht in der Dunkelheit, Grenouille riecht sich durch die Dunkelheit. Mit Camus' **Mersault** (L'Etranger) teilt Grenouille in gewisser Weise den Prozeß der Bewußtwerdung; wie dieser sich seiner "Fremdheit" bewußt wird, muß Grenouille gleichermaßen seine Genialität und seinen fehlenden Körpergeruch entdecken. Grass' **Oskar Matzerath** (Die Blechtrommel) läßt Glas durch seinen Gesang zerspringen, Grenouilles besondere Fähigkeit liegt im "Erriechen" der Welt. Huysmans **Des Esseintes** (A Rebours) schließlich gibt die Vorlage für Süskinds "Supernase" ab. Und der Froschkönig (Grenouille=der Frosch) läßt sich ebenso als Ahn erkennen wie der gute alte Zwerg Nase.

Der Autor spielt virtuos mit literarischen Motiven.Die Schöne (Laure Richis) und das Biest (Grenouille) begegnen sich - allerdings ohne happy-end; das Motiv vom Kindesmord wird gleich zu Beginn des Romans variiert; es gibt religiöse (das Motiv des Schöpfungsaktes) und philosophische Bezüge (Grenouilles Aufenthalt in der Höhle, vergl. Nietzsches Zarathustra).[11]

---

10 Gerhard Stadelmaier, Lebens-Riechlauf eines Duftmörders. In: Die Zeit Nr. 12 v. 15.3.1985, S. 59; vergl. auch Annette Meyhöfer, Zwerg Nase im Reich der Geruchssinne.In: Vorwärts Nr. 26 v. 22.6.82, S. 22, und Wolfram Schütte, Parabel und Gedankenspiel. In: Frankfurter Rundschau v.5.4.1985, S. ZB 4

11 vergl. zu diesem Abschnitt u.a. Karl-Heinz Götze, Mörderischer Wohlgeruch/Patrick Süskinds Roman 'Das Parfum'. In: Deutsche Volkszeitung/die tat Nr. 35 v. 30.8.1985, S.2, und Heinz Dörfler, Das Feature-Modell. Zur Erschließung von Patrick Süskinds Roman 'Das Parfum'. In: H.Dörfler, Moderne Romane im Unterricht, Frankfurt 1988, besonders S.109 sowie S. 122-124

Der Vielzahl der Motive entspricht die Vielzahl der Genres, an die Süskind anknüpft. "Das Parfum" ist ein Reiseroman und führt uns von Frankreichs Hauptstadt ins Zentralmassiv, nach Montpellier und in die Stadt der Düfte und Parfumeure, Grasse, und schließlich nach Paris zurück. Süskinds Werk ist ein historischer Roman, der Details der Handwerkstechnik der Gerber und Parfumeure ebenso vor uns ausbreitet wie er uns, wenn auch mit unübersehbaren parodistischen Elementen, das Zeitalter der Aufklärung vor Augen führt. Und der Autor gewährt uns einen Einblick in die hygienischen Verhältnisse des 18. Jahrhunderts.[12] Süskinds Werk weist aber auch Elemente des Entwicklungsromans auf, denn wir verfolgen den inneren und äußeren Werdegang Grenouilles von der Geburt bis zum Tod. Die Liebhaber des phantastischen Romans und des Horrorgenres werden ebenfalls bedient, stattet der Autor seinen "Helden" doch mit Fähigkeiten, Eigenschaften und Verhaltensweisen aus, die gleichermaßen bizarr und befremdend wie angsteinflößend sind.

Der Untertitel des Romans (Geschichte eines Mörders) deutet schon auf das Genre des Kriminalromans hin; und immerhin bringt es Grenouille auf die stattliche Anzahl von 26 Morden, so daß Rudolf Krämer-Badoni nicht ganz grundlos die Frage aufgeworfen hat, ob mit Süskinds Grenouille ein neuer "Vampir für den Film" geschaffen worden sei ?[13] Und geschickt versteht es der Erzähler, die diesbezüglichen Erwartungen der Leser zu wecken, wenn es gleich zu Beginn über die Hauptfigur heißt, sie gehöre "zu den genialsten und abscheulichsten Gestalten dieser an genialen und abscheulichen Gestalten nicht armen Epoche" (Parfum, S.5).[14]

Nicht zuletzt werden auch die Freunde erotischer Literatur auf ihre Kosten kommen, denn bei den Opfern Grenouilles handelt es sich immer

---

12 Quellen, aus denen Süskind seine Kenntnisse schöpfte, waren u.a. Alain Corbins "Pesthauch und Blütenduft/Eine Geschichte des Geruchs" (Berlin 1984) und Eugene Rimmels "Buch des Parfums" (Frankfurt/Berlin 1988).

13 Rudolf Krämer-Badoni, Neuer Vampir für den Film? Patrick Süskinds Romangeschichte eines Mörders. In: Die Welt Nr. 40 v.16.2.1985, S.21. Grenouille ist allerdings, ganz im Gegensatz zu einem Vampir, nicht am Blut der Jungfrauen, die er tötet, interessiert, sondern nur an deren Geruch.

14 Die Ähnlichkeit mit dem Beginn von Kleists "Michael Kohlhaas" ist (wohl in parodistischer Absicht) sicher gewollt: "An den Ufern der Havel lebte, um die Mitte des sechzehnten Jahrhunderts, ein Roßhändler, namens Michael Kohlhaas, Sohn eines Schulmeisters, einer der rechtschaffensten zugleich und entsetzlichsten Menschen seiner Zeit." (Heinrich von Kleist, Michael Kohlhaas, Stuttgart 1979;S.3)

um ausgesucht schöne Mädchen ("...hatte ein so entzückendes Gesicht, daß Besucher jeden Alters und Geschlechts augenblicks erstarrten und den Blick nicht mehr von ihr nehmen konnten...", heißt es über Laure Richis, Grenouilles 26. Opfer; Parfum, S. 254). Das Umschlagmotiv, entnommen Antoine Watteaus Gemälde "Nymphe et Satyre ou Jupiter et Antiope", sendet eindeutige optische Signale aus, die ebenfalls auf die erotischen Elemente des Romans verweisen.

Für den Erfolg des Romans ist aber neben den bisher genannten Faktoren auch die Sprache verantwortlich. Wenn der Erzähler die bereits eingangs zitierte These aufstellt, unsere Sprache tauge nicht zur Beschreibung der riechbaren Welt, so scheint der Autor genau das Gegenteil beweisen zu wollen. Landschaften, Menschen, Tiere, Gegenstände werden anhand der von ihnen ausgehenden Gerüche beschrieben, ja, sogar über sie definiert, indem sie in kleine und kleinste Geruchsnuancen differenziert werden.

Der Schöpfer des Geruchsgenies und Mörders Grenouille tritt uns auch als Schöpfer von Wortkompositionen entgegen, die sich, oft in langen Reihungen, kaskadenhaft über ganze Zeilen ergießen. Das ist ein Schwelgen in Vergleichen, ein Abtauchen in Adjektivhypertrophien, ein Kumulieren von Superlativen, gleichsam um sich an den Kern eines Geruchs sprachlich "heranzuriechen".

Daß dabei - so ganz nebenbei selbstverständlich! - die Floskel vom "jemanden nicht riechen können" mannigfach variiert durchgespielt wird, zeigt nur, wie souverän der Autor das sprachliche Handwerk beherrscht.[15]

Die oben aufgezeigten Aspekte, die zum Erfolg des Romans beigetragen haben[16], verdeutlichen, wie vielschichtig Süskinds Werk ist. Es versteht sich daher beinahe von selbst, daß wir in den Erläuterungen dem Roman nicht gerecht werden können.

---

15 Die Sprache des Romans wird in der literarischen Kritik durchaus kontrovers bewertet. Da ist einerseits von der "Kraft fast vergessener Worte" die Rede (Michael Fischer, Ein Stänkerer gegen die Deo-Zeit. In: Der Spiegel Nr.10 v. 4.3.1985, S. 238), andererseits werden Süskind "triviale Elemente" in der Sprache (Repetitionen und Häufungen) angekreidet (Beatrice von Matt, a.a.O.).

16 Süskinds Roman ist ja nicht nur ein Bestseller, sondern auch ein "Longseller". Von der 13. Ausgabe des "Spiegel" im Jahre 1985 bis zur 1. Ausgabe des Jahres 1993 befand sich "Das Parfum" in der "Bestsellerliste" des Hamburger Nachrichtenmagazins (zum Begriff des "Bestsellers" und "Longsellers" siehe Klaus Gerth, Bestseller. In: Praxis Deutsch 86, Seelze1987, S. 12-16).

Wir wollen vielmehr versuchen, den Leserinnen und Lesern einige Handreichungen mit auf den Weg zu geben, die die Lektüre erleichtern sollen und dabei zu einem tieferen Verständnis für Süskinds "Geschichte eines Mörders" führen können.

Es erschließen sich dadurch vielleicht Dimensionen , die bei einer ersten ("anarchischen") Lektüre verborgen bleiben. Wenn Volker Hage über Süskinds Roman schreibt:"Kein Buch jedenfalls, das man in der Hoffnung ein zweites Mal lesen würde, ihm noch tiefere Geheimnisse entlocken zu können"[17], so möchten wir diesem Urteil energisch widersprechen. Wir hoffen, daß unsere Erläuterungen dabei helfen können, das eine oder andere Geheimnis, das der Roman verbirgt, zu entdecken, vielleicht sogar zu lösen.

---

17 Volker Hage, Zur deutschen Literatur 1985. In: Deutsche Literatur 1985 (Hrsg.: Volker Hage), Stuttgart 1986, S.10

1. Autor - Leben und Werk

"Ja so laßt mich doch endlich in Frieden!"[1]

Dieser einzige Satz der Titelfigur aus Patrick Süskinds "Geschichte von Herrn Sommer" gilt wohl auch für den Autor selbst.

Süskind gehört unzweifelhaft zu den (international) bekanntesten Autoren der deutschsprachigen Gegenwartsliteratur. Über die Biographie des Autors, seine Vita, weiß die Öffentlichkeit allerdings recht wenig. Geschickt hat es der Bestsellerautor bisher verstanden, sich seine Privatsphäre zu sichern.

Ganz im Gegensatz zu manchem weitaus weniger bekannten Kollegen entzieht sich Süskind der Medienmaschinerie und ihren talk-shows, Interviews, Fototerminen und "Hintergrundberichten".

Auch den Ritualen des Literaturbetriebs unterwirft sich der Erfolgsautor nicht. Mehrere ihm angediente Literaturpreise hat er abgelehnt(so den Gutenberg-, den Tukan- und den FAZ-Literaturpreis).[2]

Patrick Süskind wurde am **26.März 1949** in **Ambach** am Starnberger See geboren. Sein Vater, der Schriftsteller, Übersetzer und langjährige Mitarbeiter der Süddeutschen Zeitung, Wilhelm Emanuel Süskind, ist u.a. durch die gemeinsam mit Dolf Sternberger und Gerhard Storz herausgegebene und verfaßte Artikelsammlung "Aus dem Wörterbuch des Unmenschen " bekannt geworden, in der sich die Autoren kritisch mit der Sprache des "Unmenschen" (der national-sozialistischen Gewaltherrschaft) und ihrem Fortwirken beschäftigen.

Süskind studierte von 1968 bis 1974 in München und Aix-en-Provence Geschichte, entschloß sich aber wie sein Vater, der ebenfalls Geschichte studiert hatte, als "freier Schriftsteller" zu arbeiten.

Durchaus selbstironisch hat Patrick Süskind einmal angemerkt, er habe

---

1 Patrick Süskind, Die Geschichte von Herrn Sommer, Zürich 1991, S.39
2 Süskinds knappe Geschichte "Der Zwang zur Tiefe" kann wohl als Abrechnung mit der (Literatur-) Kritik gelesen werden. Eine junge Malerin wird durch den Hinweis eines Kritikers,ihren Bildern fehle es an Tiefe, aus dem Gleichgewicht gebracht. Schließlich springt sie von einem Hochhaus- in die Tiefe (vergl. P.Süskind, Der Zwang zur Tiefe.In:Tintenfaß 20, Zürich 1991, S.259-263).

sich zunächst "als Autor von kürzeren unveröffentlichten Prosastücken und längeren unverfilmten Drehbüchern" einen Namen gemacht.[3]

Mittlerweile werden Süskinds Prosastücke millionenfach gelesen, etliche Drehbücher sind verfilmt worden.

Süskind lebt in München, Paris und Montolieu (Südfrankreich)

* * *

1981 wird Süskinds Ein-Personenstück **"Der Kontrabaß"** in München aufgeführt, mit dem Süskind schlagartig zum Erfolgsautor wird. Die monomanische Suada des Kontrabaß-Spielers, der in einem schall-isolierten Raum lebt, wird mit über 500 Aufführungen und über zwanzig Inszenierungen zum meistgespielten Theaterstück der Saison 1984/85 im deutschsprachigen Raum und zugleich zum ersten internationalen Erfolg Süskinds, denn sein Stück wird in zahlreiche Sprachen übersetzt und u.a. in London und New York auf die Bühne gebracht. Die "brillant-verräterische Selbstdarstellung eines Orchestermusikers aus dem zweiten Glied"[4] zeigt einen Mann, der an der eigenen "Unauffälligkeit und Bedeutungslosigkeit" leidet und zwischen "verinnerlichter Subordination" und "nörgelndem Fatalismus (...) changiert."[5]

Daß er ein Grenzgänger zwischen literarischem Anspruch und Massenunterhaltung ist, dokumentiert Patrick Süskind in den 80er Jahren durch die Mitarbeit an den Drehbüchern für zwei erfolgreiche Fernsehserien, nämlich **"Monaco Franze. Der ewige Stenz"** und **"Kir Royale. Aus dem Leben eines Klatschreporters"**. Vor allem die zweite Serie, die im Pressemilieu angesiedelt ist und mit Franz-Xaver Kroetz einen Schriftstellerkollegen Süskinds in einer Hauptrolle präsentiert und mit dem Kabarettisten Dieter Hildebrandt und der Schauspielerin Senta Berger in weiteren Hauptrollen prominent besetzt ist, kommt nicht nur beim Publikum an, sondern wird auch in zahlreichen Fernsehkritiken gelobt.

Die Lobeshymnen der Kritiker überschlagen sich beim Erscheinen von

---

3 E. Franke, a.a.O., S.1
4 Günther Grack, Der Duft der Schönheit. Patrick Süskinds Roman "Das Parfum". In: Der Tagesspiegel 12021 v.7.4.1985, S.47
5 E. Franke, a.a.O., S.3

Süskinds Roman **"Das Parfum"** (1985). Süskinds "Geschichte eines Mörders" wird zu einem Sensationserfolg. Und Marcel Reich-Ranicki feiert Süskind mit den Worten: "Also das gibt es immer noch oder schon wieder: einen deutschen Schriftsteller, der des Deutschen mächtig ist; einen zeitgenössischen Erzähler, der dennoch erzählen kann; einen Romancier, der uns nicht mit dem Spiegelbild seines Bauchnabels belästigt; einen jungen Autor, der trotzdem kein Langeweiler ist."[6]

1987 wird Süskinds Erzählung **"Die Taube"** veröffentlicht, deren Hauptfigur der Bankwachmann Jonathan Noel ist. Durch eine vor seiner Mansardentür sitzende Taube wird Noel aus der überraschungslosen Alltäglichkeit seines monotonen Lebens geworfen und stürzt in einen Zustand orientierungsloser Hilflosigkeit.

Der Lebensvermeider Noel lebt, wie der Kontrabaß-Spieler, isoliert und einsam ein minutiös geplantes Leben, das aber durch das Auftauchen der Taube in einer Katastrophe zu enden droht.

"Die Geschichte von Herrn Sommer", im Jahre **1991** erschienen, handelt weniger von der Titelfigur, sondern vielmehr von der Kindheit des Ich-Erzählers. Die Geschichte der Kindheit, die hier erzählt wird, weist einige Parallelen zur Kindheit des Autors auf. Wie Süskind wächst der Ich-Erzähler an einem See auf. Der Vater des Jungen ist sprachwissenschaftlich versiert und Liebhaber des Pferdesports (beide Details weisen auf Süskinds Vater hin). Am Ende der Geschichte geht der seltsame Wanderer Sommer, der raschen Schrittes täglich Dutzende von Kilometern durch die Landschaft eilt und dessen Lebensinhalt einzig in dieser ewigen Wanderschaft zu bestehen scheint, in den (Starnberger-)See, nur von dem Ich-Erzähler beobachtet. Von Herrn Sommer bleibt nichts - außer der Erinnerung des Knaben an diesen einen Satz:"Ja so laßt mich doch endlich in Frieden!"

Dem "Spiegel" ist wohl zuzustimmen, wenn er in der Geschichte des menschenflüchtigen Sonderlings Sommer "mehr die Geschichte von Herrn Süskind selbst" sieht, der hinter dem Ich-Erzähler und seinem

---

6 M. Reich-Ranicki, a.a.O.

Wiedergänger Sommer gleichermaßen aufleuchtet und seinen Anspruch auf Frieden (Ruhe vor der Öffentlichkeit) erhebt.[7]

Süskinds Einzelgänger-Wesen leben alle in eigentümlichen Räumlichkeiten. Der Kontrabaß-Spieler in einem schall-isolierten Raum (einer Zelle?), der Wachmann Noel in einer winzigen Mansarde. Grenouille lebt sieben Jahre in einer Höhle unter der Erde, in der er nicht einmal ausgestreckt liegen kann. Der Ich-Erzähler aus der "Geschichte von Herrn Sommer" verbringt einen großen Teil seines Lebens auf Bäumen, abgehoben von den anderen Menschen. Und Sommer ist auf seinen Wanderschaften überall anzutreffen, doch nirgendwo verweilt er. Er hat zwar ein Heim, aber kein Zuhause.

Menschenscheu sind sie alle-die Figuren Süskinds, auf sich selbst und ihre kleine Welt reduziert. Für alle gilt wohl , was Süskind anläßlich des Stückes "Der Kontrabaß" geäußert hat: er habe "insofern auf eigene Erfahrungen zurückgreifen (können), als auch ich den größten Teil meines Lebens in immer kleiner werdenden Zimmern verbringe, die zu verlassen mir immer schwerer fällt. Ich hoffe aber, eines Tages ein Zimmer zu finden, das so klein ist und mich so eng umschließt, daß es sich beim Verlassen von selbst mitnimmt."[8]

7 N.N., Riß in der Idylle. Neues von Patrick Süskind: "Die Geschichte von Herrn Sommer".In:Der Spiegel 43/1991, Hamburg 1991, S.301-303
8 E. Franke, a.a.O., S.5

2. Analyse des Textes

2.1. Inhaltsangabe

Jean-Baptiste Grenouille wird am 17.7.1738 am allerstinkendsten Ort des Königreichs Frankreich, dem Cimetiere des Innocents in Paris, am Verkaufsstand seiner Mutter, einer ledigen Fischhändlerin, geboren. Grenouille ist von Geburt an mit einem besonders hoch entwickelten Geruchssinn ausgestattet, hat aber keinen Eigengeruch.

Der Versuch seiner Mutter, Grenouille, wie schon andere ihrer Kinder vorher, zwischen den Fischresten sterben zu lassen, scheitert. Wegen mehrfachen Mordes wird die Mutter hingerichtet.

Grenouille wird von Amts wegen in die Obhut einer Amme gegeben. (Kap. 1)

Seine ersten Lebenswochen verbringt Grenouille bei verschiedenen Ammen, bis er schließlich in die Obhut von Madame Gaillard kommt, einer gefühllosen Frau ohne Geruchssinn. Sein fehlender Eigengeruch fällt ihr nicht auf. Mordanschläge seiner Mitzöglinge, die ihn wegen seiner Zurückgezogenheit und seines seltsamen Äußeren hassen, übersteht er ebenso wie mehrere Krankheiten und Unglücksfälle. Grenouille ist genügsam wie ein Zeck, lernt nur unzureichend die menschliche Sprache, beginnt aber damit, seine Umgebung geruchlich zu erfassen und die gesammelten Gerüche in seinem Gedächtnis zu speichern.
(Kap. 1 - Kap. 5)

Als Grenouille acht Jahre alt ist, verkauft Madame Gaillard ihren Zögling an den Gerber Grimal, bei dem er unter unmenschlichen Bedingungen arbeiten und leben muß. Grenouille übersteht die tödliche Gerberkrankheit Milzbrand und wird für Grimal ein wertvoller Mitarbeiter. Die ihm allmählich gewährten kleinen Freiräume nutzt Grenouille, um Paris olfaktorisch zu erfassen. Er sammelt, allerdings ohne jedes Prinzip, alle Gerüche, spaltet sie in einzelne Komponenten auf, speichert diese, kombiniert neue Düfte und zerstört sie wieder.

Am 1.September 1753 steigt Grenouille ein besonders feiner Geruch in die Nase. Besessen von dem Wunsch, diesen Geruch zu besitzen, verfolgt er ihn zu seinem Ausgangspunkt, einem jungen Mädchen. Grenouille bringt das Mädchen um und saugt dessen Geruch in sich ein. Dank dieses Geruchs ist er in der Lage, die bisher gesammelten Gerüche systematisch zu ordnen und planvoll Geruchskombinationen zu entwickeln. Grenouille erkennt seine Bestimmung und hat ein Ziel vor Augen: er will ein Schöpfer von Düften sein, er will der größte Parfumeur aller Zeiten werden. Moralische Skrupel wegen der Ermordung des Mädchens hat er nicht, denn das Wertvollste, ihren Duft, bewahrt er in seinem Gedächtnis. (Kap. 5–Kap. 8)

Eines Tages wird Grenouille mit einem Auftrag Grimals zum Parfumeur Baldini geschickt, der sich gerade entschlossen hat, sein immer schlechter gehendes Geschäft aufzugeben. Durch eine Demonstration seiner Fähigkeiten, Gerüche zu erkennen und zu neuen Düften zu kombinieren, überzeugt Grenouille Baldini davon, ihn als Lehrling anzustellen. Baldini ändert seine Pläne und kauft Grimal den Jungen ab.

Grenouille produziert Unmengen von Düften für Baldini, während er von Baldini die handwerklichen Techniken sowie die Sprache der Parfumeure erlernt. Baldini steigt zum größten Parfumeur Frankreichs auf. Als Grenouilles Versuche scheitern, bestimmten Stoffen ihre Gerüche vermittels der Destillation zu rauben, wird er sterbenskrank. Erst als ihm Baldini zusagt, ihm zum Gesellenbrief zu verhelfen, und ihm Grasse als den Ort nennt, an dem andere Techniken der Duftgewinnung praktiziert werden, bessert sich Grenouilles Zustand. (Kap. 9–Kap. 21)

Nach Erhalt des Gesellenbriefs bricht Grenouille nach Grasse auf. Auf dem Weg dorthin wird ihm der Menschengeruch so sehr zuwider, daß er sich zum menschenfernsten Punkt Frankreichs, einem Vulkan im Zentralmassiv, zurückzieht. Dort lebt er, glücklich über seine Einsamkeit und sich über sieben Jahre von Moos, Wasser und kleinen Tieren ernährend, in einer Höhle. Er träumt von sich als göttlichem Weltenerzeuger und rächendem Weltenzerstörer und betrinkt sich in Rauschzuständen an seinen gesammelten Geruchserinnerungen wie an Wein. Erst die im

Traum hervorgerufene Erkenntnis von seinem fehlenden Eigengeruch stürzt Grenouille in eine innere Katastrophe. Er verläßt die Höhle. (Kap. 21-Kap. 29)

In seinem verwilderten Zustand gelangt Grenouille zum Marquis de la Taillade-Espinasse, der ihn als lebenden Beweis für die von ihm entwickelte Theorie vom "fluidum letale" betrachtet. Der Marquis unterzieht Grenouille einer Kur, läßt ihn sich herausputzen und führt Grenouille einer Gelehrtenversammlung als Demonstrationsobjekt vor.

Grenouille mischt sich aus verschiedenen vorgefundenen Ingredienzen einen Menschengeruch, dessen Wirkung er erfolgreich erprobt. Zum ersten Mal wird er von den Menschen als ihresgleichen akzeptiert. Grenouille faßt den Entschluß, Menschen zu beherrschen und sie durch ein Parfum dazu zu bringen, ihn zu lieben. (Kap. 30-Kap. 34)

Von Montpellier aus zieht Grenouille nach Grasse weiter. Dort weht ihm der Wind wieder einen faszinierenden Geruch in die Nase. Abermals verfolgt er diesen Geruch, der von einem Mädchen ausgeht.

Doch tötet er das Mädchen diesmal nicht, sondern gibt sich zwei Jahre Zeit, um zu warten, bis der Duft des Mädchens sich voll entfaltet hat.

Diese zwei Jahre des Wartens nutzt Grenouille, um sich in einem kleinen Duftatelier die Techniken der enfleurage anzueignen. Im Laufe der Zeit lernt es Grenouille, den Dingen ihren Geruch zu entreißen. Er stellt sich verschiedene Eigengerüche her, die er in unterschiedlichen sozialen Situationen verwendet. Gleichzeitig verfeinert er sein handwerkliches Geschick, bis er feststellt, welche Methode die beste ist, um einem Lebewesen den Duft zu entreißen. (Kap. 34-Kap. 38)

Von der Angst gepackt, den Duft des rothaarigen Mädchens einmal verlieren zu müssen, wenn das daraus hergestellte Parfum verbraucht ist, entschließt sich Grenouille, den Duft des Mädchens als kostbarsten Edelstein in ein Duftdiadem einzubauen. Die Basis für dieses Duftdiadem sollen ihm 24 Mädchen liefern, die er in der folgenden Zeit tötet, um ihren Duft zu ernten.

Die aufgrund der Morde in der Bevölkerung entstandene Unruhe legt sich, als nach einem Bittgottesdienst die Mordserie ein Ende findet. (Kap. 39-Kap. 40)

Nur ein Bürger von Grasse, Antoine Richis, der Vater des Mädchens, ahnt, daß nicht der Bittgottesdienst der Grund für das Ende der Mordserie ist. Richis durchschaut das System der Morde, wenn auch nicht das Motiv, und er erkennt, daß seine Tochter Laure das nächste Opfer sein wird. Er bringt Laure deshalb aus der Stadt, um sie zu verheiraten und dadurch für den Mörder wertlos zu machen.

Doch Grenouille bemerkt das Fehlen von Laures Geruch in der Stadt und verfolgt Vater und Tochter. Er ermordet Laure in dem Gasthauszimmer, in dem ihr Vater sie untergebracht hat, enfleuriert sie und kehrt nach Grasse zurück. (Kap. 41-Kap. 46)

Aufgrund der polizeilichen Ermittlungen wird Grenouille verhaftet. Er gesteht die Tat, sagt aber, trotz Folter, nichts über seine Motive und wird zu einem grausamen Tod verurteilt.

Seine Hinrichtung wird vorbereitet wie ein Volksfest. Als Grenouille am Tag der Hinrichtung vor die Menschen tritt - sein Parfum aus den Mädchendüften hat er fertiggestellt und mit einigen Tropfen davon hat er sich besprenkelt - glaubt niemand mehr, daß er der Mörder sein könne.Das Parfum entfaltet seine Wirkung.Alle Menschen lieben ihn plötzlich, die geplante Hinrichtung entwickelt sich zu einer Massenorgie.

Diesen Triumph kann Grenouille jedoch nicht genießen.Er ekelt sich vor den Menschen, haßt sie und möchte einen Widerhall dieses Hasses spüren. Doch genau dies vereitelt sein Parfum.

Als Grenouille Antoine Richis auf sich zukommen sieht, hofft er erleichtert, daß dieser ihn töten wird und ihn dadurch erlöst. Doch Richis umarmt Grenouille und bittet ihn um Verzeihung. Grenouille fällt in eine Ohnmacht.

Er erwacht im Bett Laures, und Antoine Richis bittet Grenouille, sein Adoptivsohn zu werden und den Platz seiner Tochter einzunehmen, der er so ähnele.

Wenig später verläßt Grenouille Grasse. (Kap. 47-Kap.50)

Grenouille kehrt nach Paris zurück, zur Stätte seiner Geburt. Dort versammeln sich nachts Diebe, Mörder und Messerstecher. Als Grenouille, der sich mit seinem Parfum übergossen hat, in ihre Mitte tritt, erscheint er dem Gesindel plötzlich wie ein Engel.

In einem kannibalischen Akt stürzt es sich auf Grenouille, zerhackt ihn in dreißig Teile und frißt ihn auf.

Grenouille ist vom Erdboden verschwunden.

Die Kannibalen jedoch haben "zum ersten Mal etwas aus Liebe getan." (Kap. 51)

2.2. Die Entwicklung des Geruchsgenies

Wir haben bereits in der Einleitung darauf hingewiesen, daß es sich bei Süskinds "Geschichte eines Mörders" (auch) um einen Entwicklungsroman handelt, der den inneren und äußeren Werdegang des Protagonisten schildert. In der Tat steht Jean-Baptiste Grenouille in fast allen Kapiteln des Romans im Mittelpunkt.[1] Er ist die zentrale Figur, er hat keinen wirklichen Gegenspieler. Er ist das Zentrum der Geschichte, um das alle anderen Figuren gruppiert sind. Seine Entwicklung zum Geruchsgenie und Mörder interessiert den Erzähler.

Grenouilles geniale Fähigkeiten und Eigenschaften sind von seiner Geburt an vorhanden. Schon das Kleinkind erweckt durch sein abstoßendes Äußeres und seine gespenstischen, den Menschen teuflisch erscheinenden Verhaltensweisen und Anlagen Ablehnung und Furcht. Rasch wechseln die Bezugspersonen: Seine Mutter, drei namentlich nicht gennante Ammen, schließlich die Amme Jeanne Bussie, bei der Grenouille aber auch nur ein paar Wochen lebt, bevor sie ihn zu Pater Terrier abschiebt, der Grenouille im Kinderheim der Madame Gaillard

---

1   Zu den Ausnahmen gehören die Kapitel 9-13, in denen Baldini und seine Lebenswelt eingeführt werden. Ein Entwicklungsroman ist, nach Gero von Wilpert, ein "Roman, der in sehr bewußter und sinnvoller Komposition den inneren und äußeren Werdegang e. Menschen von den Anfängen bis zu e. gewissen Reifung der Persönlichkeit mit psychologischer Folgerichtigkeit verfolgt und die Ausbildung vorhandener Anlagen in der dauernden Auseinandersetzung mit den Umwelteinflüssen in breitem kulturellem Rahmen darstellt."(Gero von Wilpert, Sachwörterbuch der Literatur, Stuttgart 1969, S.211)

unterbringt.Diese verkauft ihn, als er acht Jahre alt ist, für 15 Franc an den Gerber Grimal, bei dem Grenouille vier Jahre verbringt, bis er als Lehrling zum Parfumeur Baldini wechselt. Erst mit dem Wechsel zu Baldini beginnt eigentlich Grenouilles "menschliches" Leben und damit die Entwicklung seiner Fähigkeiten bis zur Perfektion. Bis dahin dämmert er als Animal, als "Zeck", dahin, ohne Ziel, ohne Regungen, rein "vegetativ" (Parfum, S.29) und nur "aus reinem Trotz und aus reiner Boshaftigkeit"(Parfum, S. 28) existierend.

Am Beginn der "Menschwerdung" Grenouilles steht dabei, so paradox es klingen mag, eine unmenschliche Tat-Grenouilles erster Mord.

2.2.1. Der erste Mord

Mit Paris steht dem jungen Grenouille das "größte Duftrevier der Welt"(Parfum, S. 43) offen. Und dieses "Schlaraffenland" (Parfum, S.43) erobert sich der Zwölfjährige auf seinen Streifzügen durch die Metropole,[2] die er in seinen wenigen freien Stunden unternimmt, die ihm der Gerber Grimal gewährt.[3]

Tiergleich durchriecht Grenouille die Stadt, "wie ein Raubfisch"(Parfum, S.44)geht er auf die Jagd, mit "geblähten Nüstern" (ebenda) saugt er Gerüche in sich hinein, und wenn er einen neuen Geruch entdeckt hat, dann "stößt er zu" (Parfum, S.44), zerlegt die Gerüche in ihre Komponenten und speichert sie in seinem Gedächtnis.

Grenouille eignet sich die Gerüche der Welt in dieser Phase seines Lebens ungeordnet und undifferenziert an. "Wählerisch ging er nicht vor.(...)Das Ziel seiner Jagden bestand darin, schlichtweg alles zu besitzen, was die Welt an Gerüchen zu bieten hatte, und die einzige Bedingung war, daß die Gerüche neu seien. (...) Und auch in der synthetisierenden Geruchsküche seiner Phantasie (...)herrschte **noch kein ästhetisches Prinzip.**"(Parfum, S.48)

---

2   Dieses "Schlaraffenland" war, folgt man zeitgenösschen Quellen, im 18. Jahrhundert nicht nur "Zentrum der Wissenschaften, der Künste, der Mode und des guten Geschmacks", sondern auch das "Zentrum des Gestanks".(Pierre Chauvet, Essai sur la proprete de Paris, Paris 1797, S.17, zitiert nach Alain Corbin, Pesthauch und Blütenduft/Eine Geschichte des Geruchs, Berlin 1984, S.42)

3   Parfum, S.43 f.

Einen qualitativen Maßstab für die Bewertung und Kombination von Gerüchen hat Grenouille noch nicht, ihm gilt die Quantität als Maßstab seiner Sammelleidenschaft. Dementsprechend sind die Duftschöpfungen, die er in seiner Phantasie kreiert, lediglich "Bizarrerien (...)**ohne erkennbares schöpferisches Prinzip.**" (Parfum, S. 48 f., Hervorhebungen durch den Autor.)

Dieses "Prinzip" erhält Grenouille am 1.September 1753, dem Jahrestag der Thronbesteigung des Königs. Das anläßlich dieses Feiertages inszenierte Feuerwerk langweilt Grenouille, da es "geruchlich nichts zu bieten" hat (Parfum, S.50). Als er bereits auf dem Heimweg ist, wird ihm ein "Duft zugeweht, ein Duftatom, nein noch weniger: eher die Ahnung eines Duftes"(Parfum, S.50). Instinktiv begreift Grenouille, daß dieser Duft "der Schlüssel zur Ordnung aller anderen Düfte" ist (ebenda). Und Grenouille, sonst durchweg gefühlskalt, stellt an sich ungewohnte emotionale Regungen fest.

Sein Herz leidet unter der Furcht, diesen Geruch verlieren zu können, ihn überfällt eine "gräßliche Angst", ihm wird "schlecht vor Aufregung".Ohne diesen Geruch wird er die "Ruhe seines Herzens" verlieren(Parfum, S.51).

Die Quelle des Geruchs, der "Grenouille gefangengenommen hatte und nun unwiderstehlich zu sich zog" (Parfum, S.52), ist ein junges Mädchen, das in einem Hinterhof bei Kerzenschein Mirabellen entkernt. Für Grenouille steht fest, daß er diesen Geruch besitzen muß, weil sonst sein Leben "keinen Sinn mehr hat"(Parfum, S.55).[4]

Grenouille erwürgt das Mädchen und saugt seinen Geruch in sich hinein, bis er es "welkgerochen" hat und "übervoll von ihr" ist (Parfum, S.56).

Mit dem Geruch des Mädchens in seinem Duftarsenal ändert sich Grenouilles Leben schlagartig. Ihm ist, als würde er neu geboren.

---

4   Nicht zufällig ist Grenouilles erstes Opfer "dreizehn, vierzehn Jahre alt" und rothaarig (Parfum, S.53 u.55).
    Corbin weist darauf hin, daß den rotharigen Frauen im 18. und beginnenden 19.Jahrhundert besondere Geruchseigenschaften zugesprochen werden, da ein Zusammenhang zwischen der Farbe der Haare und der Menstruation vermutet wird, und daß mit der Pubertät eine erhöhte Verführungskraft einhergehen soll (vergl. Corbin, a.a.O.;S.65 und 67).
    Bei der Gestaltung der Frauenfiguren setzt u.a. die Kritik von Beatrice von Matt an Süskinds Roman an."Kein Schicksal haben die Frauen. Falls sie erotisch in Betracht fallen, kommen sie alle um.(...)Ältere Frauen werden nicht vom Protagonisten, wohl aber vom Autor(...)auffällig rasch aus dem Weg geschafft."(Beatrice von Matt, a.a.O.)

Er erkennt seine bisherige animalische Existenz und weiß, was seine wirkliche Bestimmung ist, nämlich "die Welt der Düfte zu revolutionieren."(ebenda) Grenouille sieht sich nun als "Genie" (ebenda) und als zukünftiger Schöpfer überragender Düfte.[5]

Seine "exquisite Nase, sein phänomenales Gedächtnis" und - als Wichtigstes - der "prägende Duft" des Mädchens (vergl.S.67) bieten Grenouille dabei die Voraussetzungen dafür, nicht "irgendein Schöpfer" von Düften zu sein, sondern "der größte Parfumeur aller Zeiten."(Parfum, S.58).[6]

Noch in der Mordnacht beginnt Grenouille damit ,seine "Millionen und Abermillionen von Duftbauklötzen" in eine "systematische Ordnung" zu bringen (Parfum, S.58). Hat er bisher planlos und ziellos Düfte gejagt, so errichtet er jetzt "planvolle Geruchsgebäude" und eine "täglich sich erweiternde, täglich sich verschönende und perfekter gefügte innere Festung der herrlichsten Duftkompositionen."(ebenda) Quantität, die Menge der zu sammelnden Düfte, wird jetzt durch Qualität ersetzt, denn mit dem Duft des Mädchens hat er sich "...das Beste von ihr aufbewahrt und sich zu eigen gemacht: **das Prinzip ihres Duftes.**"(ebenda, Hervorhebung durch den Autor.)

***

Der erste Mord ist in doppelter Hinsicht ein "Schlüsselerlebnis" für den Protagonisten. Grenouille erhält durch den Duft des Mädchens einen Schlüssel zur Ordnung aller Düfte; er wird vom planlosen Sammler von Düften jeglicher Art zum zielstrebigen Erbauer von Duftkompositionen. Er bringt die von ihm gesammelten Düfte in eine hierarchische Ordnung, wobei ihm der Duft des Mädchens als Kompaß dient, an dem sich die Bewertung aller Düfte ausrichtet.

---

5 "Was Glück sei, hatte er in seinem Leben bisher nicht erfahren. Er kannte allenfalls sehr seltene Zustände von dumpfer Zufriedenheit. Jetzt aber zitterte er vor Glück und konnte vor lauter Glückseligkeit nicht schlafen."(Parfum, S. 57)

6 Wolfram Schütte sieht in Grenouilles Wunsch, der "größte Parfumeur aller Zeiten" zu werden, ein parodistisches Spiel des Autors, wenn er auf die Parallele mit einem Mann verweist(gemeint ist A.Hitler, B.M.), der "beschloß Politiker zu werden, sich an seinem Ende für den GröFaZ (Größter Feldherr aller Zeiten, B.M.) hielt." (Wolfram Schütte, Parabel und Gedankenspiel/ Patrick Süskinds erster Roman 'Das Parfum'. In: Frankfurter Rundschau Nr.81 v.5.4.1985, S.ZB 4)

Gleichzeitig bekommt sein Leben durch den Duft des Mädchens einen Sinn, denn Grenouille hat nun ein Ziel vor Augen, für das es sich zu leben lohnt.Er erkennt seine Bestimmung, wird aus seiner bisherigen Gleichgültigkeit gerissen und gibt seine animalische Existenzweise auf. Daß am Beginn dieser Entwicklung ein Mord steht, ist Grenouille dabei völlig gleichgültig.(vergl. Parfum, S.58) Er weiß nun um seine Fähigkeiten und Möglichkeiten und will diese planvoll einsetzen.

Dazu reicht aber seine Genialität alleine nicht aus; er bedarf auch handwerklicher Fähigkeiten, um sein Ziel, größter Parfumeur aller Zeiten zu werden, zu erreichen.

Deshalb muß für Grenouille ein neuer Lebensabschnitt beginnen. Grenouille verläßt den Gerber Grimal und beginnt eine Lehre als Parfumeur.[7]

2.2.2. Lehrlings- und Gesellenzeit

> Hat der alte Hexenmeister
> Sich doch einmal wegbegeben!
> Und nun sollen seine Geister
> Auch nach meinem Willen leben.
> Seine Wort' und Werke
> Merkt ich und den Brauch,
> Und mit Geistesstärke
> Tu ich Wunder auch.
>
> (Goethe, Der Zauberlehrling)[8]

Grenouille betritt, vom Gerber Grimal mit einem Auftrag kommend, just in dem Moment das auf der Pont au Change gelegene Haus des Parfumeurs

---

7 Die besondere Bedeutung des Mordes für die weitere Entwicklung Grenouilles wird u.a. dadurch unterstrichen, daß Grenouille sich zum ersten Mal in seinem Leben nicht allein auf seine Nase verläßt, als er dem Mädchen begegnet.("zum ersten Mal in seinem Leben seiner Nase nicht traute und die Augen zuhilfe nehmen mußte, um zu glauben, was er roch." Parfum, S.54)
8 zitiert nach Angelika Kriege, Balladen - hören, spielen, verstehen, Stuttgart 1990, (S. 6)

Baldini, als dieser vergeblich versucht, die Formel des Parfums "Amor und Psyche" seines Konkurrenten Pelissier zu entschlüsseln, um das Parfum kopieren zu können.[9]

Baldinis ökonomische Situation und gesellschaftliche Stellung sind an einem Tiefpunkt angelangt.Konkurrenten wie Pelissier haben Baldini ins Abseits gedrängt.Und so entschließt er sich nach dem gescheiterten Kopierversuch, sein Geschäft aufzugeben und Paris zu verlassen, um seinen Lebensabend in Messina zu verbringen.

Aus einer Laune heraus geht Baldini auf das Angebot des seltsamen Jungen ein, Pelissiers Parfum herzustellen.

Während Baldini sich noch seinen Gedanken hingibt, fertigt Grenouille bereits das Parfum an, das Baldini vergeblich zu kopieren trachtete, und dies ganz gegen die Regeln der Handwerkskunst, scheinbar ohne Ordnung und ohne die Kenntnis der Formel, der Grundlage zur Herstellung eines Parfums.

Nur noch stammeln kann Baldini, als Grenouille ihm tatsächlich das Parfum "Amor und Psyche" zusammenmixt. Aber erst recht sprachlos ist er, als der Junge mit dem Kommentar "Es ist kein gutes Parfum "(S.109) das Erfolgsprodukt Pelissiers abwertet und binnen einer Minute sein Versprechen einlöst, ein besseres Parfum herzustellen, indem er - wieder scheinbar wahllos - die ihm zur Verfügung stehenden Komponenten aus Baldinis Werkstatt mischt und einen Duft komponiert, der "himmlisch gut" ist und "im Vergleich zu 'Amor und Psyche' wie eine Sinfonie im Vergleich zum einsamen Gekratze einer Geige" wirkt (Parfum, S.111).

Goethes Ballade vom "Zauberlehrling" wird hier parodistisch auf den Kopf gestellt. Der Meister, Baldini, dessen Scheitern der Tat des Lehrlings vorausgeht, ist der naive Dilettant, der die Fähigkeiten des Lehrlings nicht erkennt und nicht versteht und der von der Materie beherrscht wird. Der (zukünftige) Lehrling offenbart seine Genialität und Meisterschft; die Materie ist ihm untertan. Karl-Heinz Götze ist wohl zuzustimmen, wenn er über

---

9 "Als Katharina von Medici nach Frankreich kam, um Heinrich II. zu heiraten, brachte sie einen Florentiner namens Rene mit, der großes Geschick in der Zubereitung von Düften und Kosmetika besaß. Sein Laden auf der Pont au Change wurde zum Treffpunkt der Beaux und Belles der Epoche." (E.Grimmel, a.a.O., S.236)

diese erste Begegnung zwischen Grenouille und Baldini schreibt: "Zu den beeindruckendsten Passagen des Buches gehört jene Teufelsmesse, während derer Grenouille dem Parfumeur Baldini die erste, ganz unerhörte Probe seines absoluten Geruchssinns gibt, indem er gegen alle Regeln der Zunft aus den umstehenden Duftessenzen ein perfektes Parfum mischt."[10]

Baldini stellt Grenouille als Lehrling ein.[11]

Mit dem "Zauberlehrling", der, das wird Baldini rasch klar, "hätte alle Parfumeure Frankreichs mit Rezepten versorgen können, ohne sich zu wiederholen"(Parfum, S.117), beginnt der (Wieder-) Aufstieg des Hauses Baldini, bei dem die Reichen der Stadt sich die Türklinke in die Hand geben, um die neusten Duftschöpfungen zu erwerben, denn alles, was Grenouille komponiert ,wird zum Publikumserfolg und zum Verkaufsschlager.

Mit der Zeit geht Baldini dazu über, die von Grenouille bei seinen Kompositionen verwendeten Bestandteile der Parfüms, Cremes und Duftwässerchen zu notieren und sie in Formeln zu fassen, um sie später einmal, unabhängig von dem "Hexenmeister" (Parfum, S. 118), reproduzieren zu können.

Grenouille beherrscht rasch alle handwerklichen Techniken.Er wird ein "Spezialist auf dem Gebiet des Destillierens" (Parfum, S.128) und beginnt, während er tagsüber für Baldini arbeitet, in den Nächten mit Versuchen, den Dingen, die ihn umgeben, vermittels der Destillation ihren Geruch zu entreißen, sich ihrer "dinglich zu bemächtigen"(Parfum, S. 122). Seine Versuche (müssen jedoch) scheitern.[12] Nach einer Kette von Fehlschlägen gerät er in eine Krise und wird "lebensbedrohlich krank." (Parfum, S.130)

---

10 Karl-Heinz Götze, Mörderischer Wohlgeruch/Patrick Süskinds Roman 'Das Parfum'.In:Deutsche Volkszeitung/die tat Nr.35 v. 30.8.1985, S.2

11 Baldini sagt zum Abschied zwar, er wisse noch nicht, ob er Grenouille einstellen wolle, doch dieser ist sich seiner Sache bereits sicher. Als Baldini am nächsten Tag erscheint, um Grenouille abzuholen, wartet dieser "sonderbarerweise schon mit gepacktem Bündel"(Parfum, S.113).

12 Der auktoriale Erzähler spielt mit der Eitelkeit seiner Leser, wenn er sich mit dem Kommentar einschaltet: "Bei Substanzen, denen dieses ätherische Öl abging, war das Verfahren der Destillation natürlich völlig sinnlos. Uns heutigen Menschen, die wir physikalisch ausgebildet sind, leuchtet das sofort ein."(Parfum, S.129)

Baldini, der plant, seine Geschäfte über die Landesgrenzen hinaus auszudehnen, und der sich nicht unberechtigte Hoffnungen macht, "königliches Privilig" zu erhalten (vergl. Parfum, S.131), sieht seine kühnen Ideen gefährdet.Nur deshalb, nicht aus Menschenliebe oder Mitleid, läßt er einen Arzt kommen, überlegt auch, für Grenouille die Hilfe Gottes herbeizuflehen, als der Arzt die Diagnose "syphilitische Blattern" und "eitrige Masern in stadio ultimo" (vergl. Parfum, S.134) stellt und für die nächsten 48 Stunden den Tod Grenouilles avisiert.

Baldini überwindet schließlich sogar seinen Ekel vor dem aus allen Poren eiternden Grenouille und pflegt ihn von eigener Hand - wobei er allerdings Papier und Schreibgerät in der Hoffnung bereit hat, Grenouille die letzten Geheimnisse entlocken und sie festhalten zu können.

Als Baldini, bereits aller Hoffnungen beraubt und völlig ermattet, in den Sessel neben Grenouilles Bett sinkt, fragt der scheinbar Todgeweihte plötzlich nach weiteren Methoden der Duftgewinnung und dem Ort, an dem diese Methoden praktiziert werden.

Nachdem Baldini Grenouille mitgeteilt hat, daß in Grasse, im Süden Frankreichs, die Techniken der enfleurage zur Meisterschaft entwickelt worden sind, schläft Grenouille ein. Und binnen einer Woche ist er wieder gesund.

Baldinis weiterem Aufstieg steht nun nichts mehr im Wege. Grenouille wiederum bekommt von Baldini das Versprechen, ihm zum Gesellenbrief zu verhelfen. Im Frühjahr 1756, drei lange Jahre des Lernens und des Arbeitens für Baldini liegen hinter Grenouille, löst der Parfumeur sein Versprechen ein und spricht seinen Gesellen frei.

Grenouille hat ein neues Ziel vor Augen:er will sich in Grasse die Techniken der enfleurage aneignen, um seine handwerklichen Fähigkeiten zu vervollkommnen. Im Mai 1756 bricht Grenouille nach Süden auf.

***

Mit Grenouille und Baldini treffen ein Genie und ein konventioneller Geist aufeinander.Während Baldini die Fähigkeiten des Genies ökonomisch verwertet, macht Grenouilles Prozeß der Zivilisation vom Animal zum Menschen weitere Fortschritte.

Von dem materiellen Gewinn, den Baldini mit seinen Kompositionen erzielt, profitiert Grenouille nicht. Dieser Gewinn interessiert ihn auch überhaupt nicht. Er will vielmehr seine Genialität durch die Regeln der Handwerkskunst ergänzen. Grenouille erlernt "(...)mit der obligatorischen Verwendung von Meßbecher und Waage die Sprache der Parfumerie", und er spürt "instinktiv, daß ihm die Kenntnis dieser Sprache von Nutzen sein konnte."(Parfum, S.119) Nur deshalb unterzieht er sich der für ihn eigentlich überflüssigen Prozedur des Erlernens der Fachsprache der Parfumeure, des Niederschreibens von Formeln. Grenouille ist sich im klaren darüber, daß es zur Erreichung seines Ziels, der Schöpfer eines absoluten Duftes zu werden, zweier Voraussetzungen bedarf: "Die eine war der Mantel einer bürgerlichen Existenz; mindestens des Gesellentums, in dessen Schutz er seinen eigentlichen Leidenschaften frönen und seine eigentlichen Ziele ungestört verfolgen konnte. Die andre war die Kenntnis jener handwerklichen Verfahren, nach denen man Duftstoffe herstellte, isolierte, konzentrierte, konservierte und somit für eine höhere Verwendung überhaupt erst verfügbar machte." (Parfum, S. 121)

Insofern profitiert auch Grenouille von Baldini. Erst als Grenouille an die Grenzen des von Baldini zu erwerbenden handwerklichen Könnens gelangt, muß er sich wieder auf die Reise machen.[13]

---

13 Niels Höpfner schreibt über Grenouilles Zeit bei Baldini: "Grenouille bringt die heruntergekom- mene Parfumerie zu neuem Glanz und verhilft Baldini zu erheblichem Wohlstand, für einen Hungerlohn. En passant führt Süskind die kapitalistische Ausbeutung eines Genies vor, benennt sie aber leider niemals explizit."(Niels Höpfner, Grenouille- das Nasenmonster.Irdische, himmlische und höllische Düfte. In: Die Presse Nr. 11120 v. 6./7.8.1985, S.7) Höpfner übersieht bei dieser Kritik, daß auch Grenouille von Baldini profitiert. Und wenn es im Roman heißt, daß Grenouille seine Säfte in sich zurückzieht, als Baldini seine Fragen beantwortet hat, dann deutet das darauf hin, daß die Krankheit auch Teil eines Hexenmeisterspiels ist, das Grenouille mit Baldini treibt(vergl. Das Parfum, S.137).

2.2.3. Der Einsiedler

> Ich kenne nichts Ärmer's
> Unter der Sonn' als euch Götter.
>
> (Goethe, Prometheus)[14]

Grenouille stellt auf dem Weg nach Orleans, dem ersten Etappenziel seiner Wanderschaft nach Grasse, fest, daß er die sich ausdünnende Luft als angenehm empfindet. Je mehr er die Gerüche Paris' aus der Nase verliert, desto wohler fühlt sich Grenouille. Am "befreiendsten" empfindet er dabei "die Entfernung von den Menschen."(Parfum, S.148). Als er sich Orleans nähert und wieder Menschengeruch wittert, will er die "frischgewonnene Atemfreiheit nicht schon so bald wieder vom stickigen Menschenbrodem verderben lassen"(Parfum, S.149). Er umgeht die Stadt und wendet sich landeinwärts.So zieht er, immer der Nase nach und "ganz von alleine und ohne besonderen Beschluß"(Parfum, S.150), in entlegenere Gegenden des Landes, bis er schließlich, in einer Augustnacht des Jahres 1756, den Gipfel des zweitausend Meter hohen Vulkans Plomb du Cantal im Zentralmassiv der Auvergne erreicht. Grenouille ist am "menschenfernste(n) Punkt des ganzen Königreichs".(Parfum, S.152)[15]

Diese Menschenferne ruft in Grenouille ein Glücksgefühl wach, wie er es bisher nur in der Nacht des ersten Mordes empfunden hat.

Und - eine weitere Parallele zur Begegnung mit dem Mädchen - wieder traut er zunächst seiner Nase nicht, sondern nimmt seine Augen zuhilfe, um den Horizont nach Menschen abzusuchen. Als er feststellt, daß er tatsächlich vollständig allein ist, gerät er in euphorische Stimmung, und sein Glücksgefühl bricht sich in einer ekstatischen körperlichen Selbstentäußerung Bahn (vergl. Parfum, S. 154 f.).

Grenouille entdeckt am Ende eines Stollens, der in den Berg führt, in 5O Metern Tiefe ein Höhle, in der er sich einrichtet.

---

14 Johann Wolfgang von Goethe, Prometheus (zitiert nach Spiegel der Seele/Zweihundert Jahre deutscher Dichtung. Hrsg. Franz Fassbinder, Münster 1960, S.29)

15 Der Gegensatz zwischen dem Plomb du Cantal und dem Geburtsort Grenouilles wird durch die Verwendung der Superlative **"allerstinkendster Ort"**(S.7)und **"menschenfernster Ort"** (s.o.) verdeutlicht.

Hier, fernab der Welt, "wie in seinem eigenen Grab" (Parfum, S. 156) liegend, fühlt er sich sicher wie nie, so daß er vor Glück weint.[16]

Er verläßt die Höhle nur, um seine Notdurft zu verrichten und sich mit Nahrung (Echsen, Schlangen)[17] zu versorgen. Er führt das Leben eines Einsiedlers, doch hat er letztlich nichts mit Einsiedlern gemein. Streben diese nach Buße und wollen Gott näher sein, so hat Grenouille "mit Gott nicht das geringste im Sinn" (Parfum, S. 148), denn er genügt sich selbst. Er gibt sich seinem "inneren Imperium" (Parfum, S.158) hin, der Welt seiner gespeicherten Gerüche. Und in diesem "Universum"(Parfum, S.160) wird er auf seinen durch Autosuggestion und die Kraft seines Gedächtnisses beflügelten Phantasiereisen zum Weltenherrscher und vollbringt prometheische Taten. Er wird der **Große Grenouille**. (vergl. S. 159 ff.) Er wird zum Schöpfer und Zerstörer von Welten.[18] Er gießt Gnade und Haß über seine Phantasiewelten aus und durchlebt Gefühle und Gefühlsregungen, die ihm in seinem bisherigen Menschenleben fremd waren.

Sieben Jahre[19] lang genießt Grenouille die zahllosen Vorstellungen

---

16 Der Vergleich der Höhle mit dem Mutterleib wird nicht nur explizit vorgenommen, wenn der Erzähler darauf hinweist, daß sich Grenouille noch nie so sicher gefühlt habe wie an diesem Ort- "schon gar nicht im Bauch seiner Mutter" (Parfum, S.156)-, sondern auch indirekt. Grenouille kann in der Höhle nur gekrümmt liegen, also in Embryonalstellung. Die Gefühle, die er im Mutterleib vermissen mußte, kann er nun erleben. Tief in der Erde, in völliger Dunkelheit, absoluter Stille und salzig-feuchter Kühle, fühlt sich Grenouille "himmlisch wohl".

17 Grenouille leckt Wasser von einer feuchten Wand und reißt Moos von Steinen, um es herunterzuwürgen (vergl. Parfum, S. 168).In der Szene "Wald und Höhle" im Goetheschen "Faust I" richtet Mephistopheles an Faust die Frage:
"Was hast Du da in Höhlen, Felsenritzen
Dich wie ein Schuhu zu versitzen?
Was schlurfst aus dumpfem Moos und triefendem Gestein
Wie eine Kröte Nahrung ein?"
 (Goethe, Faust I, Vers 3272-3275, Stuttgart 1963, S.100) siehe hierzu auch: Wolfgang Hallet, Das Genie als Mörder. In: Literatur für Leser 3/4 1989, S.282

18 Deutliche (sprachliche) Anklänge an die Schöpfungsgeschichte sind festzustellen. So heißt es etwa: "Und der Große Grenouille sah, daß es gut war, sehr, sehr gut."(Parfum, S. 162); im 1. Buch Mose, Kap. 1, Vers 31, finden wir: "Und Gott sah an alles, was er gemacht hatte; und siehe da, es war sehr gut." Und wie Gott die Dinge der Welt erschafft, so wird auch Grenouille zum Schöpfer, nur daß er nicht die Dinge selbst erschafft, sondern die Düfte der Dinge, denn er sät seinen duftenden "göttlichen Grenouillesamen" aus.(Parfum, S.161)

19 Auf die Zahl Sieben als "Märchenzahl" sei hier nur kurz verwiesen (sieben Zwerge, sieben Schwaben, sieben Brüder etc.). Der Krieg, der erwähnt wird, ist der Siebenjährige Krieg zwischen England und Frankreich.

seines "Seelentheaters" (Parfum, S.168). Nichts, was in der äußeren Welt passiert, nicht einmal der Krieg, der draußen herrscht, kann ihn erschüttern. Er lebt außerhalb einer Zeitordnung. Für Grenouilles Aufenthalt in der Höhle tief unter der Erde gilt, was Jean Starobinski zum "Doppelaspekt der Moderne in der Literatur" unter Bezug auf ein Gedicht von Baudelaire über den Dichter und seine Stellung in der Welt formuliert hat. Er baut sich "ein imaginäres Universum, dessen Herr er allein ist. Seine volle Autonomie drückt sich in starken Bildern aus: eine 'Sonne' aus seinem 'Herzen' ziehn; seine 'Gedanken' in 'laue Luft' verwandeln.

Entschlossen, die menschliche Geschichte zu ignorieren, (...) (...) bewohnt er einen Raum, der nur ihm gehört. So erschafft er nicht nur einen neuen Himmel und neue Gestirne; er führt auch eine neue Zeitrechnung ein, die weder mit dem Stundenplan eines Arbeitstages übereinstimmt noch dem Glockenschlag folgt, der die Gläubigen zum Gebet ruft. Darin drückt sich ein doppelter Aspekt der Moderne aus (...):der Verlust des Einzelnen in der Masse, unter äußerlichen Gegebenheiten, und die Auflösung des Bewußtseins in der Menge - oder, umgekehrt, die vom schöpferischen Ich zurückgeforderte absolute Macht."[20]

Diese absolute Macht fordert Grenouille (zunächst nur) in seiner Traumwelt ein; seine Abgeschiedenheit von der Welt der Menschen ist vollkommen. Folgerichtig kann eine Katastrophe nur eine "innere" sein. Sie ereignet sich "im Traum im Schlaf im Herz in seiner Phantasie" und blockiert somit "Grenouilles bevorzugten Fluchtweg."(Parfum, S.170)

Grenouille stellt während einer Traumreise fest, daß er keinen Eigengeruch hat; er kann sich "um alles in der Welt nicht riechen."(Parfum, S.171) Mit einem Schrei erwacht er aus seiner Phantasiewelt, in die er nun nie mehr hinabsteigen will, weil er meint, diesen schrecklichen Traum, sollte er jemals wiederkehren, nicht überleben zu können. Aus dem Traum erwacht, muß er zu seinem Entsetzen feststellen, daß er die Wirklichkeit geträumt hat. Er kann an sich keinen Körpergeruch feststellen.Die "Angst, über sich selbst nicht Bescheid zu wissen", erfaßt ihn(Parfum, S. 175). Seine unbestechliche und untrügliche Nase verschafft ihm Gewißheit: er hat tasächlich keinen Eigengeruch.Er verläßt "noch in derselben Nacht den Plomb du Cantal in südlicher Richtung."(Parfum, S.176)

20 Jean Starobinski, Kirchtürme und Schornsteine/Über das Archaische und Moderne. In:Neue Zürcher Zeitung v.6./7.12.1986, S.69

***

Der Lebensphase im Plomb du Cantal kommt für Grenouilles weitere Entwicklung eine besondere Bedeutung zu.Dies wird allein schon dadurch unterstrichen, daß die sich über sechs Kapitel erstreckende Darstellung den (quantitativen) Mittelpunkt des Romans ausmacht. Alle anderen Abschnitte sind um diese sechs Kapitel gruppiert. Hinzu kommt, daß Grenouille kein menschliches Gegenüber hat. In den vorausgegangenen und den folgenden (Lebens)-Abschnitten ist Grenouille mit der Menschenwelt konfrontiert; hier steht er nur sich selbst gegenüber. Und - ein (Schein)-Paradoxon - erst die Menschenferne der Bergeinsamkeit ermöglicht Grenouille einen entscheidenden Schritt bei der eigenen Menschwerdung.

Wolfgang Hallet hat die besondere Bedeutung der "Eremitage" für Grenouilles Entwicklung hervorgehoben. Er soll deshalb hier ausführlich zu Wort kommen: "In einem Prozeß erneuten inneren Durchlebens nimmt er (Grenouille, B.M.) vor seinem inneren Auge (seiner inneren Nase) Rache an allen, die ihn erniedrigt, benutzt und verachtet haben.Diese Rückerinnerung gibt ihm die Möglichkeit, sein Leben gedanklich und emotional zu ordnen, so daß er im Nachhinein Beziehungen, die mit Haß und Liebe, Zuneigung und Ablehnung, Ekel und Wohlempfinden verbunden sind, herstellen kann.

Dieser Prozeß stellt so etwas wie 'Vergangenheitsbewältigung', nachgeholte Sozialisation dar, die ihm auch die Bestimmung eines eigenen Standortes, Selbstreflexion, vielleicht sogar Findung einer eigenen Identität erlaubt, indem er sich seiner Lebensgeschichte versichert. Er läßt damit seine bisherige mehr oder weniger animalische Existenz hinter sich (...) und öffnet sich der Reflexion, einer typischerweise menschlichen Qualität.(...)

Er gewinnt das Bewußtsein von der eigenen Kraft, Kreativität und Macht, wir nehmen teil an seiner Wandlung vom Objekt zum Subjekt, seinem Ausgang aus der Unmündigkeit. Wie in einem (sieben Jahre) langen Schlaf findet der Protagonist so Heilung von seiner kranken Vergangenheit, wandelt sich zu einem neuen Menschen und sammelt Kräfte für die noch bevorstehenden großen Taten."[21]

Um diese jedoch vollbringen zu können, bedarf es eines weiteren Ortswechsels. Grenouille steigt wieder in die Menschenwelt hinab.

---

21 W.Hallet, a.a.O., S. 281 f. Ein ganz anderer Ansatz zum Verständnis der Eremitage-Episode soll an dieser Stelle nicht unerwähnt bleiben. Unter Verweis auf die Verwendung zahlreicher literarischer Topoi in diesem Abschnitt des Romans kommt Judith Ryan zu dem Ergebnis, es handele sich um eine Parodie auf die Romantik, insbesondere die Lyrik dieser Epoche: "Die absichtlich schwerfällige und ungeschickte Verwendung bekannter Zitate ist als deutlicher Hinweis auf den Parodiecharakter des Textes zu verstehen." (J.Ryan, Pastiche und Postmoderne. Patrick Süskinds Roman "Das Parfum". In: Paul Michael Lützeler (Hrsg.), Spätmoderne und Postmoderne. Beiträge zur deutschsprachigen Gegenwartsliteratur. Frankfurt 1991, S.96)

2.2.4.Rückkehr in die Welt/Der omnipotente Gott des Duftes

> "Ihr nähret kümmerlich
> von Opfersteuern
> und Gebetshauch
> Eure Majestät
> und darbtet, wären nicht
> Kinder und Bettler
> hoffnungsvolle Toren"
>
> (Goethe, Prometheus)[1]

Als Grenouille den Plomb du Cantal verläßt, ist er körperlich völlig verwahrlost. Die ersten Leute, denen er begegnet, vermuten, "er sei gar kein richtiger Mensch, sondern eine Mischung aus einem Menschen und einem Bären, eine Art Waldwesen."(Parfum, S.177)

Grenouille wird dem Marquis de la Taillade-Espinasse, einem Mitglied des Parlaments in Toulouse, vorgeführt, der sich seiner annimmt. Der Grund für das Interesse des Marquis' an Grenouille ist die von Taillade-Espinasse vertretene "fluidum-letale-Theorie", die besagt, daß aus der Erde strömende Gase (Letalgas) das Wachstum von Mensch, Tier und Pflanze negativ beeinflussen. In dem 'Bärenmenschen' sieht der Marquis den Beweis für seine Theorie.[2]

Der Marquis verfrachtet Grenouille nach Montpellier und präsentiert Grenouille in der Aula der Universität einem vierhundertköpfigen Publikum als "wissenschaftliche Sensation des Jahres"(Parfum, S.181). Dem Auditorium verspricht der Marquis am Ende seiner Demonstration, "den an und für sich Todgeweihten mittels einer Ventilationstherapie in Kombina-

---

1   Johann Wolfgang von Goethe, Prometheus, a.a.O.
2   Die von Taillade-Espinasse vertretene Theorie entspricht der im 18.Jahrundert verbreiteten Lehre von den schädlichen Ausdünstungen der Erde, den sog. "Miasmen", einer Folge des durch das Feuer im Erdinneren hervorgerufenen Gärungsprozesses. Diese Theorie führte u.a. zu der für uns heute sicherlich verwunderlichen Auffassung, daß insbesondere den Menschen auf dem Lande große Gefahren drohten, da sie, aufgrund der gebückten Haltung bei vielen Arbeitsprozessen (Ernte, Kartoffellese),dem Erdboden und damit den schädlichen Dämpfen nahe waren.(vergl. hierzu und zur Theorie von Espinasse A.Corbin, a.a.O.,S.35-40).

tion mit Vitaldiät innerhalb von acht Tagen wieder herzustellen(...)." (Parfum, S. 181 f.)

Nach fünftägigem Aufenthalt im "Vitalluftventilator" wird Grenouille gebadet, mit ausgewählten Cremes, Ölen und diversen Schönheitsmittelchen behandelt und in Samt und Seide gekleidet. Und auch in Grenouilles Fall machen Kleider Leute. Der Marquis ist nicht nur von seiner genialen Tat begeistert, sondern findet auch, daß "Monsieur" ein "ganz passabler Mensch"ist (Parfum, S.184).

Grenouille, zu dem zum ersten Mal jemand "Monsieur" gesagt hat, betrachtet sein Spiegelbild und ist besonders darüber verblüfft, daß "er so unglaublich normal" aussieht, zwar ein wenig klein , aber doch wie "Tausende von anderen Menschen auch". (Parfum, S.185)[3]

Nun nimmt es Grenouille in Angriff, seinen Makel, den fehlenden Eigengeruch, durch die Herstellung eines Parfums mit menschlicher Duftnote zu beseitigen. Denn bei seinem Blick in den Spiegel ist Grenouille klar geworden, daß "diese als Mensch verkleidete, maskierte, geruchlose Gestalt (...) würde man ihre Maske nur vervollkommnen- eine Wirkung auf die äußere Welt tun (könnte), wie er , Grenouille, sie sich selbst nie zugetraut hätte."(Parfum, S.186)

Die Vervollkommnung der Maskerade ist die Kreation eines menschlichen Grunddufes ,der allen Menschen gemein ist und erst die Basis einer "unverwechselbaren Chiffre des **persönlichen** Geruchs"(Parfum, S.190, Hervorhebung im Original) darstellt.

Diesen Grundduft, den Grenouille (nicht gerade schmeichelhaft für die Menschheit) als ein "schweißig-fettiges, käsig-säuerliches, ein im ganzen reichlich ekelhaftes Grundthema"(Parfum, S.190) definiert, komponiert er aus Ingredienzen, die er in der Werkstatt des Parfumeurs Runel vorfindet: Katzendreck und Käsereste, ein fischiges Etwas und faules Ei, Muskat und angesengte Schweineschwarte u.v.a.m. Über diese Grundsubstanz (eine ekelhafte, kloakenhafte, nach Verwesung stinkende Brühe) legt Grenouille eine Schicht ölig-frischer Düfte, wie Pfefferminz , Lavendel und

---

3 Grenouille ist klar, daß seine Verwandlung vom Tier zum Menschen keine Bestätigung der obskuren Theorie des Marquis ist, sondern Folge der Körperpflege, der ausreichenden Versorgung mit Nahrung , der Kleidung und der "kosmetischen Maskerade."(Parfum, S.187)

Limone, durch die sich das kadaverhafte Grundthema in einen frischen und blumigen Duft auflöst (vergl. Parfum, S. 192 f.).

Grenouille füllt die Substanz in zwei Flakons und fertigt ein weiteres Parfum an, bei dem er aber auf die menschliche Grundsubstanz als Geruchsbasis verzichtet und bei dem nur der 'Oberflächenduft' dem ersten Parfum ähnlich ist. Auch dieses Parfum füllt er ab und besprüht seinen Körper und seine Kleider dann mit der ersten Komposition, um den von ihm kreierten Menschenduft auf seine Wirkung hin zu überprüfen.

Grenouilles Freude ist "grenzenlos", als er ,in einer Menschenmenge stehend, feststellt, daß die Menschen ihn nun als ihresgleichen akzeptieren und sie sich so leicht täuschen lassen von seinem aus "Katzenscheiße, Käse und Essig zusammengepanschten Gestank."(Parfum, S. 196)

Grenouille wird von einem "schwarzen Jubel" erfaßt, von einem "bösen Triumphgefühl" , und er muß sich zusammennehmen, um den Menschen nicht ins Gesicht zu schreien, "daß er keine Angst vor ihnen habe; ja kaum sie noch hasse; sondern daß er sie mit ganzer Inbrunst verachte, weil sie stinkend dumm waren; weil sie sich von ihm belügen und betrügen ließen; weil sie nichts waren, und er war alles." (Parfum, S. 197).

An diesem Tag faßt Grenouille den Entschluß, der "omnipotente Gott des Duftes" zu werden. Die Menschen sollen ihn lieben "bis zum Wahnsinn, bis zur Selbstaufopferung."(Parfum, S. 198) Der Duft, den er sich zu komponieren vornimmt, soll nicht nur "menschlich", sondern übermenschlich" sein, ein "Engelsduft" (ebenda). Und diesen Duft will Grenouille verwenden, um seine Allmachts- und Herrschaftsphantasien aus seiner Zeit im Plomb du Cantal in die Wirklichkeit umzusetzen. Das, was er in seinen Träumen während des Aufenthaltes im Plomb du Cantal vorweggenommen hat, will er nun in der Realität praktizieren. Er entwickelt, ganz nüchtern und nicht in "euphorischer Stimmung", die Idee, "Menschen zu beherrschen", weil er "durch und durch böse sei"(Parfum, S.199).

Aus dem Weltenschöpfer im Traum wird ein Prometheus der Tat - ein blasphemischer Zyniker. Denn nicht ganz zufällig faßt Grenouille seinen Entschluß, während er auf einer Bank im Dom von Saint-Pierre sitzt und der Weihrauch ihm in die Nase zieht.Nicht nur die Menschen verachtet er, sondern auch den Menschengott, der sich mit einem so schlechten Duft huldigen läßt, was Grenouille zu den Gedanken kommen läßt: "Gott stank.

Gott war ein kleiner armer Stinker. Er war betrogen, dieser Gott - oder er war selbst ein Betrüger, nicht anders als Grenouille - nur ein um so viel schlechterer."(Parfum, S.200)[4]

Als Test dafür, ob seine Idee in die Tat umzusetzen ist, dient Grenouille seine abermalige Präsentation in der Aula der Universität. Zwar ruft die Menge jubelnd den Namen des Marquis de la Taillade-Espinasse, dem Grenouille die zwei Flakons mit der 'Oberflächenkomposition' seines Menschenduftes geschenkt hat und der die Bestätigung seiner Theorie feiern läßt, doch in Wirklichkeit, das sieht Grenouille - und zum dritten Mal benutzt er in diesem Moment bewußt seine Augen! - ist es die "Aura seines Duftes"(Parfum, S.203), die die Menschen erreicht und sie sich schlagartig verändern läßt.Eine Welle von Sympathie schlägt dem vormals Verachteten entgegen.

Nach ein paar weiteren Wochen, in denen er zum Mittelpunkt gesellschaftlicher Ereignisse und gern gesehener Gast auf Bällen und Empfängen wird, ist für Grenouille abermals die Zeit für einen Aufbruch gekommen. Im Schutze der Dunkelheit verläßt er Montpellier und macht sich auf den Weg nach Grasse.

***

Grenouilles Zeit in Montpellier trägt neue Facetten zur Entwicklung seiner Persönlichkeit bei. Zunächst macht seine "Sozialisation" weitere Fortschritte. Er lernt es, sich den gesellschaftlichen Konventionen entsprechend zu verhalten, das "Verdruckte, Linkische" fällt von ihm ab und macht "einer Haltung Platz, die als natürliche Bescheidenheit oder allenfalls als eine leichte angeborene Schüchternheit gedeutet" wird(Parfum, S.205).

---

4 Daß Grenouille sich in dieser Situation über Gott erhebt, verweist darauf, daß ihm ,von seiner Kindheit an, ethisch-moralische Kategorien fremd waren. Ein Grund liegt in seinem Spracherwerb: "Mit Wörtern, die keinen riechenden Gegenstand bezeichneten, mit abstrakten Begriffen also, vor allem ethischer und moralischer Natur, hatte er die größten Schwierigkeiten. (...) Recht, Gewissen, Gott, Freude, Verantwortung, Demut, Dankbarkeit usw. - was damit ausgedrückt sein sollte, war und blieb ihm schleierhaft." (Parfum, S. 33)
Und Menschen, dies der vielleicht entscheidende Grund, die ihm gegenüber nach solchen moralischen Kategorien handelten, war er ja nie begegnet.

Verschafft ihm der Gesellenbrief den "Deckmantel einer bürgerlichen Existenz"(s.o.), so versteht er es nun auch, sich im Habitus einen bürgerlichen Anstrich zu geben.Er wird geschickter in der Konversation mit seinen Mitmenschen, v.a. aber entwickelt er "einen routinierteren Umgang mit der Lüge."(Parfum, S. 204)

Seine Selbstreflexion erreicht wiederum einen höheren Grad des Bewußtseins . Grenouille nimmt eine Standortbestimmung vor ("durch und durch böse"). Er ist sich seiner Fähigkeiten weitaus mehr bewußt, als er es noch bei Baldini oder während seiner Rauschzustände im Plomb du Cantal war.Vor allem aber hat er ein klares Ziel vor Augen (Beherrschung der Menschen/ Erweckung ihrer Liebe).

Dieses Ziel kann er erreichen, so seine Erkenntnis, weil die Menschen eine leicht zu täuschende Masse sind. Das Medium dieser Manipulation ist das Parfum, denn die Menschen "konnten die Augen zumachen vor der Größe, vor dem Schrecken, vor der Schönheit und die Ohren verschließen vor Melodien oder betörenden Worten. Aber sie konnten sich nicht dem Duft entziehen.Denn der Duft war ein Bruder des Atems. Mit ihm ging er in die Menschen ein(...).Wer die Gerüche beherrschte, der beherrschte die Herzen der Menschen." (Parfum, S.198 f.)

Um den absoluten Duft kreieren zu können, bedarf es aber der Techniken, deren Erlangung wegen er vor mehr als sieben Jahren Baldini Richtung Grasse verlassen hatte. Grenouilles Aufbruch ist deshalb zur Vollendung seiner Pläne zwingend notwendig.

2.2.5. Das Meisterstück

Nach einer knapp einwöchigen Reise erreicht Grenouille die Stadt Grasse, eines der Zentren der Herstellung von und des Handels mit Duftstoffen, Seifen, Ölen und Parfumeriewaren aller Art.[5]

---

5 Nach Rimmel waren Grasse, Cannes und Nizza (Mitte des 19. Jahrhunderts) die Zentren, in denen das Mazerations- und Absorptionsverfahren (enfleurage) hauptsächlich praktiziert wurde. Rund hundert Herstellerfirmen beschäftigten während der Blumensaison mehr als zehntausend Menschen (vergl. Rimmel, a.a.O., S. 270).

Noch am Abend seiner Ankunft streift Grenouille durch die Gassen der Stadt, hinter deren teilweise recht bescheiden wirkenden Hausfassaden sich Speicher und Keller mit feinsten Ölen, Seifen und Rohstoffen zur Parfumherstellung befinden und die kleine Gärten und luxuriöse Wohngemächer verbergen, die nach "Gold und nach Macht, nach schwerem gesichertem Reichtum" riechen (Parfum, S. 213).

Aus einem dieser Gebäude weht Grenouille ein Geruch entgegen, den er bereits einmal gerochen hat: es ist der Duft des rothaarigen Mädchens, seines ersten Opfers. Zwischen Glückseligkeit und Zweifel hin- und hergerissen, benötigt Grenouille einige Momente der Besinnung, um sich zu sammeln. Erst dann riskiert er einen Blick über die Mauer. Er sieht ein Mädchen, noch ein Kind eigentlich, dessen Duft "schon jetzt so haarsträubend himmlisch" ist, daß es noch besser riecht als das Mädchen in Paris.(Parfum, S. 217) In ein bis zwei Jahren, das weiß Grenouille, "würde dieser Geruch gereift sein und eine Wucht bekommen, der sich kein Mensch, weder Mann noch Frau, würde entziehen können."(Parfum, ebenda)

Grenouille will diesen Duft haben, doch nicht auf eine so zerstörerische Weise wie in Paris, wo er noch nicht in der Lage war, den Duft zu konservieren, sondern ihn nur rauschhaft in sich hineingezogen und damit zerstört hatte.

Er weiß, daß er warten kann(nämlich bis das Mädchen herangereift ist und sein Duft sich entfaltet hat) und warten muß(nämlich bis er seine handwerklichen Fähigkeiten vervollkommnet hat, um ihren Duft zu konservieren).Zwei Jahre gibt sich Grenouille bis zur "Zeit der Ernte". (Parfum, S. 219)

In diesem Moment bewähren sich nun Grenouilles Sozialisationsfortschritte. Er versteht es einerseits, seine (nahezu triebhafte) Regung, sich den Duft des Mädchens anzueignen, zunächst zurückzustellen und, auf ein Ziel hin orientiert, die 'Schaffung des absoluten Duftes', planvoll ans Werk zu gehen.[6]

---

6 Man könnte, mit der Begriffsapparatur der Psychoanalyse sagen, Grenouille habe die Fähigkeit zur Sublimierung erlangt, da eine Wunschregung nicht abgesperrt wird, wie bei der Verdrängung, sondern zur späteren Verwertung auf ein höheres Ziel gelenkt wird. (vergl etwa Robert Waelder, Die Grundlagen der Psychoanalyse, Stuttgart 1969, S.101-107)

Andererseits kommt ihm nun zugute, daß er bei Baldini den Gesellenbrief erworben und sich während des Aufenthaltes in Montpellier gesellschaftliche Umgangsformen angeeignet hat. Denn ohne große Schwierigkeiten wird er als zweiter Geselle im Hause der Witwe des Parfumeurs Arnulfi angestellt. Grenouille eignet sich die Techniken der Mazeration und der Absorption an.[7]

Die Kunst der Täuschung und Verstellung, die er ebenfalls während seiner Zeit in Montpellier erlernt hat, trägt dazu bei, daß es ihm gelingt, "als vollständig uninteressant zu gelten." (Parfum, S. 231).

Grenouille führt ein Doppelleben. Er arbeitet tagsüber für Madame Arnulfi und beginnt gleichzeitig damit, in den Nächten die neu erlernten Techniken, die er bald perfekter beherrscht als Druot, für seine Zwecke experimentell zu überprüfen.

Es erweist sich dabei für ihn als Glücksfall, daß ihm Madame Arnulfi aus reinem Geiz und nackter Profitgier als Behausung eine kleine, abgelegene Kabane zugewiesen hat, in der er seinen nächtlichen Studien ungestört nachgehen kann.

Grenouille produziert verschiedene Parfums, die seiner Persönlichkeit unterschiedliche Noten geben und je nach Bedarf von ihm eingesetzt werden, so etwa ein Parfum, das bei Damen mittleren und hohen Alters Mitleid für ihn erweckt. (vergl. Parfum, S. 232 f.) Gleichzeitig verfeinert er seine Fähigkeiten, den Dingen ihren Duft mit Hilfe der neuen Techniken zu entreißen.

Er beginnt dabei mit Alltagsgegenständen, geht allmählich dazu über, Tiere zu "mazerieren", wobei er schnell feststellt, daß er sie ruhigstellen muß, um den Übertragungsprozeß erfolgreich durchführen zu können.Er weiß nun, daß er Lebewesen töten muß, um ihren Duft zu gewinnen. Proben menschlichen Duftes sammelt er, indem er "Probefähnchen", kleine Fetzen fett- oder ölgetränkten Stoffs, an Wirtshausbänken oder unter Kirchengestühl plaziert.

---

7 Vergleiche hierzu die Schilderung dieser Techniken bei Süskind (Kap.36/37) und bei Rimmel (a.a.O., S. 265-269).
  Die von Grenouille zur Gewinnung des Duftes der ermordeten Mädchen angewendete Enfleurage-Technik beruht auf der Übertragung von Aromastoffen (Duftstoffen) auf eine Fett- oder auch Ölbasis (vergl. hierzu Grimmel, a.a.O., besonders S. 266 f.).

Eine stumme Bettlerin bringt er schließlich dazu, von ihm präparierte Probeläppchen einen Tag lang auf der nackten Haut zu tragen, um die optimale Mischung für die Duftgewinnung herauszufinden. (vergl. Parfum, S.234-239)

Als er seine Versuche abgeschlossen hat, kann er sich auf die Jagd machen nach dem "Duft **gewisser** Menschen: jener äußerst seltenen Menschen nämlich, die Liebe inspirieren."(Parfum, S. 240, Hervorhebung im Original)

Doch noch einmal erfaßt ihn eine innere Krise, nahezu vergleichbar mit jener im Plomb du Cantal. Grenouille wird klar, daß der Duft des jungen Mädchens nicht ewig vorhalten würde, daß der Vorrat einmal erschöpft wäre und somit auch die Aura, die ihn, den Träger des Duftes, umgeben würde. Doch der "Zeck Grenouille, vor die Wahl gestellt, in sich selbst zu vertrocknen oder sich fallenzulassen,(entscheidet) sich für das zweite, wohl wissend, daß dieser Fall sein letzter sein würde."(Parfum, S.244)

Grenouille erkennt, daß sein Problem ein technisch-handwerkliches Problem ist. Es gilt, den Duft des Mädchens möglichst lange zu bewahren, indem er in ein "Duftdiadem" eingeschmiedet würde, dessen "Herznote" er sein soll (Parfum, S. 246). Die Bestandteile dieses Diadems sollen ihm die Düfte anderer Mädchen liefern. Eine Mordserie beginnt.

24 Mädchen werden im Laufe der nächsten Wochen und Monate zu Opfern Grenouilles. Alle sind von "jenem schwerblütigen Typ (...) wie aus dunklem Honig, glatt und süß und ungeheuer klebrig" und der Typus ist "noch nicht ins Sämige" verflossen (Parfum, S. 247). Und immer sind es solche", die gerade erst begonnen hatten, Frauen zu sein" (Parfum, S. 250).[8]

Daß die Mädchen nicht sexuell mißbraucht werden, aber ihr Haar abgeschnitten ist und ihre Kleider fehlen, verstärkt die Unruhe unter der Bevölkerung. Als nach einem Bittgottesdienst die Mordserie jedoch auf-

---

8 Diese Besonderheit läßt sich vielleicht mit einer historischen Auffassung über den weiblichen Zyklus erklären: "Aus der Sicht der montpellierschen Vitalisten bezeugt die Frau in diesem Augenblick des Zyklus die ganze Lebenskraft der Natur. Sie scheidet stark animalisierte Produkte aus, verlockt die Männer zur Befruchtung, verströmt die Reize der Verführung." (A. Corbin, a.a.O., S. 64)

hört, glaubt man, sich der "Bestie" entledigt zu haben (Parfum, S. 253). Daß der Mörder noch unter ihnen ist und in Ruhe sein Meisterstück plant, ahnt nur ein Bürger in Grasse: Antoine Richis, der Vater des Mädchens, dessen Duft Grenouille ernten will.

Nach einem Traum, aus dem er schweißgebadet aufwacht, kommt Richis in seinen Überlegungen den Plänen Grenouilles verblüffend nahe auf die Spur, ahnt er doch, daß da ein Mann "von höchstem Geschmack und perfekter Methode " am Werke ist, ein "Sammler von Schönheit", der an einem "Bildnis der Vollkommenheit" arbeitet, zu dem seine Tochter Laure den "kostbarsten Baustein" liefern würde. (Parfum, S. 259).[9]

Doch Richis Plan, seine Tochter zu retten, scheitert. Grenouille tötet Laure Richis und macht sich im Morgengrauen, nach einer Nacht des ruhigen Wartens und der Erinnerungen, mit Laures Haarschopf, ihrem Kleid sowie dem durch eine 'Ganzkörper-Enfleurage' gewonnenen Duft auf den Heimweg.

Nur wenige Tage später wird, ein Ergebnis systematischer Polizeiarbeit, Grenouille verhaftet und des Mordes an den 25 Mädchen überführt. Ihm wird der Prozeß gemacht, und am 15. April 1766 wird das Urteil verkündet.Grenouille soll öffentlich zu Tode gemartert werden, indem er auf ein Kreuz gebunden wird und ihm die Gelenke zerschmettert werden.[10]

Das Schauspiel der Hinrichtung, zehntausende von Menschen versammeln sich an der Richtstätte, wird zu Grenouilles grandioser Apotheose und ist gleichzeitig Auslöser für sein inneres Zerbrechen. Als Grenouille

---

9 Es sei noch einmal daran erinnert, daß der Mörder Grenouille kein sexuelles Interesse an seinen Opfern hat. Dagegen muß sich Richis mit Beginn der Mordserie immer häufiger dabei ertappen, daß er seine Tochter begehrlich betrachtet, sich wünscht, sich "an sie, auf sie, in sie "legen zu können, und nur mit Mühe diese "grauenvolle Lust" unterdrücken kann. Richis, der ehrenhafte Bürger, verstößt somit zumindest gedanklich gegen das (in allen Kulturen gültige) Inzestverbot. (vergl. hierzu etwa C.S.Ford/F.A. Beach, Formen der Sexualität/das Sexualverhalten bei Mensch und Tier, Berlin 1954, besonders S.120 f sowie auch Sigmund Freud, Drei Abhandlungen zur Sexualtheorie, Frankfurt 1971, besonders S. 91-98)

10 Das "düstre Fest der Strafe", wie Michel Foucault diese öffentlichen Marterungen nennt, ist am "Ende des 18.Jahrhunderts, zu Beginn des 19. Jahrhunderts (...) trotz einigen großen letzten Aufflackerns, im Begriff zu erlöschen." (Michel Foucault, Überwachen und Strafen/Die Geburt des Gefängnisses, Frankfurt 1977, S.15)
Foucault untersucht in seiner Studie die Funktion der öffentlichen Hinrichtungen und die Ursachen für ihre allmähliche Abschaffung und Ersetzung durch andere Strafpraktiken.

der Kutsche entsteigt, mit der er zum Richtplatz gefahren worden ist, entfaltet sein Parfum, das er natürlich fertiggestellt und mit dem er sich besprenkelt hat, seine Wirkung, denn ein "Wunder" geschieht, jedenfalls "etwas Ähnliches wie ein Wunder, nämlich etwas dermaßen Unbegreifliches und Unglaubliches, daß alle Zeugen es im Nachhinein als Wunder bezeichnet haben würden, wenn sie überhaupt noch jemals darauf zu sprechen gekommen wären, was nicht der Fall war, da sie sich später allesamt schämten, überhaupt daran beteiligt gewesen zu sein." (Parfum, S. 299)

Die Menge ist sich plötzlich absolut sicher, daß Grenouille nicht der Mörder gewesen sein kann. Und jeder einzelne Anwesende, vom Bischof bis zum Bauern, wird von einem "mächtigen Gefühl von Zuneigung, von Zärtlichkeit, von toller kindischer Verliebtheit, ja, weiß Gott, von Liebe zu dem kleinen Mördermann" erfaßt (Parfum, S. 300). Und dieses Gefühl entlädt sich in einer sexuellen Orgie, einer Massenkopulation sondergleichen, die alle Klassen- und Altersunterschiede überschreitet. Grenouille, gehüllt in eine "Wolke seines himmlisch-höllischen Parfums, betört, verzaubert als Duft-Messias die Massen, versetzt sie in Rausch und Ekstase(...)"[11] Alle moralischen, sittlichen und gesellschaftlichen Schranken sind aufgehoben und machen einer Freisetzung von Instinkten Platz.

Und beim Anblick der sich in diesem tollen Liebeskarneval ekstatisch windenden Menschenleiber hat Grenouille zunächst "messianische " Gefühle:"Er war noch größer als Prometheus (...) Er war in der Tat sein eigener Gott, und ein herrlicherer Gott als jener weihrauchstinkende Gott, der in den Kirchen hauste. (...) Ja, er **war** der Große Grenouille." (Parfum, S. 304/Hervorhebung im Original)

Doch Grenouille, die ihm erliegende Menge beobachtend, kann diesen "größten Triumph seines Lebens" (Parfum, S. 305) nicht genießen. Er, der sich gewünscht hatte, daß die Menschen ihn liebten, haßt sie, und er will, daß sie diesen Haß merken und erwidern. Einmal im Leben will Grenouille "sein wie andre Menschen auch und sich seines Innern entäußern" (Parfum, S. 306).

Aber genau dies kann nicht gelingen - und sein Parfum, seine prometheische Tat, steht dem im Wege.

---

11 N. Höpfner, a.a.O.

Als Grenouille Antoine Richis auf sich zukommen sieht, erfaßt ihn ein Gefühl der Erleichterung, denn er ist sich sicher, daß dieser ihn wegen des Mordes an Laure töten wird. Doch als der Vater des Mädchens ihn, den Mörder der Tochter, um Vergebung bittet, verlassen Grenouille die Kräfte, und er fällt in eine Ohnmacht.

Grenouille weiß endgültig, daß er gescheitert ist, als er, im Bett Laure Richis liegend, aufwacht und Laure Richis Vater ihm nicht nur mitteilt, daß der Prozeß eingestellt und das Urteil aufgehoben werde und er frei sei, sondern ihn küßt und ihm erklärt, er wolle ihn als Sohn adoptieren.

Wieder bricht Grenouille auf. Seine Reise wird an ihrem Ausgangspunkt enden. Grenouille kehrt nach Paris zurück.

***

Diese Rückkehr nach Paris ist eine doppelte. Sie ist die Rückkehr eines Reisenden durch verschiedene Provinzen und Städte Frankreichs zur Ausgangsstation seiner Wanderschaft. Sie ist aber auch und vor allem die Rückkehr Grenouilles zu seinem innneren Ausgangspunkt. Auf der Suche nach sich selbst und einem Standort in der Beziehung zu anderen Menschen muß Grenouille feststellen, daß er auf sich selbst zurückgeworfen ist.

Der Prozeß seiner Zivilisation ist abgeschlossen. Er ist ein Mitglied der Gesellschaft geworden, beherrscht ihre Umgangsformen und Konventionen. Er hat sich eine - unter finanziellen Gesichtspunkten - bescheidene, aber immerhin sichere Existenzgrundlage geschaffen. Sein gesellschaftlicher Status ist als Handwerksgeselle zwar nicht besonders hoch, aber im Gegensatz zu seiner früheren Existenz doch immerhin anerkannt und stabil. Sein handwerkliches Können hat er perfektioniert. Mit der Kombination seines handwerklichen Geschicks und seiner Genialität könnte er ohne Schwierigkeiten alle Parfumeure Frankreichs an Erfolg überflügeln.

Eine solche "bürgerliche Karriere" hat ihn jedoch nicht interessiert, denn er wollte ein Schöpfer sein und seine genialen Fähigkeiten entfalten.

Mit der Schaffung des Parfums hat er seine genial-phantastische Meisterleistung vollbracht, ein Ergebnis höchsten handwerklichen Geschicks. Der Prozeß der Ich-Findung aber wird in dem Moment, in dem sein

Meisterwerk seine Wirkung entfaltet, zur persönlichen Katastrophe. Dies ist die für ihn schmerzliche Erkenntnis in der Stunde seines größten Triumphes.

An seinem wirklichen Problem scheitert er nämlich. Es ist ja nicht Grenouille, den die Menschen in ihrer rasenden Tollheit lieben, sondern es ist sein (künstlicher) Geruch, dem sie verfallen. Sie lieben nicht ihn, sondern seine (geruchliche) Maske. Nicht er ist ja das Subjekt der Verführung und das libidinöse Objekt der Massen, sondern nur seine Aura. Die Menschen begehren nicht ihn, sondern ein Surrogat. Hinzu kommt, daß die Liebe zwischen den Menschen auf dem Richtplatz auf einen sexuellen Akt animalischer Triebbefriedigung reduziert ist. Eine wirkliche Liebe zwischen Menschen scheint also nicht möglich.

Insofern ist Grenouille nicht nur auf dem Gipfelpunkt seiner Machtvollkommenheit, sondern er ist gleichzeitig auf dem Gipfelpunkt seiner Einsamkeit. Er wird zurückgeworfen in sein frühestes Stadium, "geboren ohne Geruch am stinkendsten Ort der Welt, stammend aus Abfall, Kot und Verwesung, aufgewachsen ohne Liebe, lebend ohne warme menschliche Seele einzig aus Widerborstigkeit und der Kraft des Ekels(...)." (Parfum, S.304)

2.2.6. Verklärung

Ohne Umwege und ohne die geringste Verzögerung in Kauf zu nehmen, macht sich Grenouille auf den Weg nach Paris. Er weiß um die ungeheure und ungeheuerliche Macht, die ihm sein Parfum verleiht. Aber an dieser Macht ist Grenouille nicht (mehr) interessiert ("...wenn er sich nicht riechen konnte und deshalb niemand wüßte, wer er sei, so pfiff er drauf, auf die Welt, auf sich selbst, auf sein Parfum." (Parfum, S. 316)

Am 25.6.1767 erreicht Grenouille Paris, am bisher heißesten Tag des Jahres. Und die Hitze läßt die Stadt stinken "wie am Tag von Grenouilles Geburt." (Parfum, S. 317)

In den Arkaden der Gebeinhäuser des Cimetiere des Innocents verbringt Grenouille den Tag, um nach Mitternacht zu einem Feuer zu gehen, um das sich das Gesindel von Paris - Diebe, Mörder, Messerstecher - versammelt hat.

Als Grenouille sich mit seinem Parfum "über und über" besprenkelt, stehen die "Desperados" plötzlich vor einer "Engelsgestalt", von der ein "rabiater Sog" ausgeht, eine "reißende Ebbe" (Parfum, S. 319).

In einem kannibalischen Akt wird Grenouille getötet, in dreißig Teile zerlegt und gefressen.

Nach der Mahlzeit ist die Mördergesellschaft zunächst ein wenig verlegen, aber "ohne den geringsten Anflug von schlechtem Gewissen" (Parfum, S. 320). Und auch diese Verlegenheit legt sich bald, die Kannibalen lächeln."Sie hatten zum ersten Mal etwas aus Liebe getan." (Parfum, S. 320)

***

Das Schlußkapitel des Romans präsentiert uns den "grotesk-makabren Höhepunkt"[12] in Grenouilles Leben und offenbart gleichzeitig noch einmal die gesamte Tragik seiner Existenz.

Grenouilles Selbstreflexion führt ihn zu der Erkenntnis, daß er - trotz (oder wegen) seiner Genialität - immer ein Einsamer wird sein müssen. Nie wird er sich riechen können. Grenouille weiß, daß er ohne sein Parfum nicht wahrgenommen wird, ja nicht existent zu sein scheint.

Bezeichnenderweise registrieren die ansonsten gegen jeden Fremden mißtrauischen Desperados vom Friedhof Grenouille zunächst nicht einmal ("...nahmen sie ihn zunächst überhaupt nicht wahr", Parfum, S. 318), als er sich zu ihnen gesellt. Erst durch sein Parfum scheint er präsent zu werden.

Grenouille kann sich "(...) an seiner Übermenschwerdung gar nicht freuen, weiß er doch, daß er nur ein geschickter Geruchsfälscher ist, der sich die göttlich riechende Aura nur angemaßt hat, um sein steriles Unmenschentum loszuwerden. Aus Selbsthaß und Selbstekel sucht er den Tod (...)."[13]

Grenouilles Biographie endet in doppelter Weise an ihrem Ausgangspunkt. Grenouille kehrt räumlich und in seiner Persönlichkeitsentwicklung zum Ort seiner Geburt zurück. Mit dem "allerstinkendsten Ort" von Frank-

---

12 N.Höpfner, a.a.O.
13 Annette Meyhöfer, a.a.O.

reich als Schauplatz des kannibalischen Abendmahls[14] fallen Geburts- und Todesstätte in eins.

Und Grenouille kehrt zu sich selbst zurück, zu dem schon im Mutterleib verhaßten Grenouille. Er hat erkannt, daß er immer der Verstoßene, der Ungeliebte, der ewig Isolierte sein wird. Sein (von ihm selbst provozierter) Tod ist somit kein Opfer, sondern Befreiung und Erlösung. Und Verklärung.

Grenouille löst sich auf - und das ist die letzte Paradoxie des Romans - und wird gleichzeitig verinnerlichter Teil der Menschheit. Was bleibt, ist die Erinnerung an ein Parfum - an sein Parfum.

---

14 Grenouilles "Abschlachtung" erinnert an die Ermordung des Pentheus durch die Bakchen. Auch diese formieren einen Kreis um Pentheus, bevor sie ihn in Stücke reißen (vergl. Euripides, Die Bakchen, Stuttgart 1968, S.43 f.).

Wenn der Erzähler, nicht ohne zynischen Zungenschlag, vermerkt, ein Menschenkörper sei nicht leicht zu zerreißen, selbst Pferde hätten dabei "die größte Mühe" (vergl. Parfum, S. 319), so scheint dies eine Anspielung auf die Schilderung der Hinrichtung des Mörders Damiens am 2.3.1757 zu sein, mit der Foucault sein Werk "Überwachen und Strafen" einleitet. Damiens wurde u.a. dazu verurteilt, von Pferden geviertielt zu werden. Dies gelang aber erst, nachdem der Scharfrichter und ein Gehilfe mit Messern die Schenkel des Verurteilten von seinem Rumpf trennten (vergl. Foucault, a.a.O., S. 11).
Und daß der "omnipotente Gott" bei diesem düsteren Nachtmahl verspeist wird, kann sicher auch als makabres Wörtlichnehmen der Sätze Jesu verstanden werden: "Nehmet, esset, das ist mein Leib." (Matthäus 26/26)

46

2.3. Grenouille - das Monster

Einen "Auswurf der Hölle" nennt Wolfram Schütte Süskinds Grenouille.[1] Und tatsächlich ist der Protagonist des Romans mit Merkmalen, Verhaltensweisen und Eigenschaften ausgestattet, die für mindestens zehn Figuren aus einem literarischen oder auch trivialen Horrorkabinett (-stückchen) gereicht hätten.

Was da zwischen Fischgekröse mit dem Fischmesser von seiner Mutter abgenabelt wird, nur um den Tod zu erleiden, aber aus reinem Trotz am Leben bleibt, gleicht zunächst in seiner ganzen Existenz mehr einem Tier als einem Menschen.

Das Kind scheint mit den Nüstern zu sehen, es riecht Menschen ab, es verschlingt alles mit seiner Nase. Die Nase übernimmt Funktionen der Wahrnehmung, die beim Menschen über Auge und Ohr ablaufen. Die Augen dagegen sind keine Menschenaugen, sondern von "unbestimmter Farbe, zwischen austern-grau und opal-weiß-cremig, von einer Art schleimigem Schleier überzogen und offenbar noch nicht sehr gut zum Sehen geeignet." (Parfum, S.22) Grenouille, so stellt Pater Terrier fest, ist ein "feindseliges Animal". (Parfum, S. 24)

Die "animalischen" Verhaltensweisen hält auch der Knabe bei, der als Gehilfe des Gerbers Grimal die große Stadt Paris durchstreift und eine mehr "tierische als menschliche Existenz" fristet (vergl. S.42) Grenouille wird von "Jagdlust" gepackt, um Gerüche aufzunehmen, er erweitert sein "Jagdgebiet", er durchstreift Paris "(...)mit geschlossenen Augen, halbgeöffnetem Mund und geblähten Nüstern, still wie ein Raubfisch (...)". (siehe Parfum, S. 43-50)

Und auch nach dem ersten Mord, nach dem Grenouille seinen Prozeß der Entwicklung und Selbstreflexion beginnt ("...denn bisher hatte er bloß animalisch existiert in höchst nebulöser Kenntnis seiner selbst." Parfum, S. 57; siehe auch Abschnitt 2.2.1. dieser Arbeit), legt er die animalischen Seiten seiner Persönlichkeit nicht völlig ab. Auf der Reise Richtung Grasse ist ihm die Nase der Kompaß. Er wandert oft in der Nacht, weil ihn das "Sehen mit den Augen" schmerzt. Er nimmt die Gerüche der Menschen auf

---

1 W.Schütte, a.a.O.

wie ein Hund eine Fährte und, am Plomb du Cantal angekommen, läßt er den "Blick seiner Nase" über das Land streifen. (Parfum, S. 151 u.153)

Von Geburt an erscheint das Animal Grenouille den Menschen als die Verkörperung des Bösen. Er kommt bereits ungeliebt und stigmatisiert auf die Welt. Noch bevor er - nach vielen Morden und wirklich zum Monstrum geworden - juristisch verurteilt wird, ist er bereits als Mensch abgeschrieben und zum Außenseiterdasein verurteilt worden. Denn ihm fehlt die spezifische Eigenschaft des Menschen, der Eigengeruch, und damit steht das Urteil über ihn fest: "Er ist vom Teufel besessen." (Parfum, S. 14)

2.3.1. Elemente des Teuflischen/Dämonischen

Die ihm zugeschriebene Rolle der Verkörperung des Bösen füllt Grenouille aufgrund seiner körperlichen Erscheinung, seiner Charaktereigenschaften sowie seiner Fähigkeiten und Verhaltensweisen aus.

Sein Erscheinungsbild ist durch körperliche Entstellungen gekennzeichnet. Grenouilles Körper weist Narben, Schrunde und Grind auf; hinter dem Ohr, am Hals und den Wangen hat er, als Folge des Milzbrandes, von den großen schwarzen Karbunkeln hervorgerufene Narben; er hat einen Buckel, und sein verkrüppelter Fuß läßt ihn hinken.[2]

Doch nicht nur seine Erscheinung macht ihn den Menschen unheimlich. Grenouille verfügt über eine ungewöhnliche Kombination von Fähigkeiten. Er ist körperlich äußerst resistent, übersteht nicht nur die schwersten Krankheiten (Masern, Windpocken, Ruhr, Cholera, die Gerberkrankheit Milzbrand), sondern überlebt auch einen Sechsmetersturz in einen Brunnen, Verbrühungen mit kochendem Wasser sowie mehrere Mordanschläge der Mitbewohner im Heim der Madame Gaillard.

Hinzu kommt seine absolute Genügsamkeit. Er vermag sich von wäßrigen Suppen, verdorbenem Fleisch, faulem Gemüse und dünnster Milch zu ernähren. Weder körperliche Züchtigungen noch völliger Essensentzug beeindrucken Grenouille; Hunger und Schmerzen scheint er nicht zu kennen.

---

2 somit erscheint er uns als eine Mischung aus Mephisto, dem Glöckner von Notre-Dame und einem Monster aus dem Labor von Frankenstein.

Unterentwickelt, gemessen an den Gleichaltrigen im Heim der Madame Gaillard, sind sein Spracherwerb und sein Sprachvermögen. Erst relativ spät fängt er an zu sprechen, sein Wortschatz ist, beginnend mit dem Wort "Fische", zunächst auf konkrete Dinge beschränkt und an Gerüche gebunden bzw. wird durch die olfaktorische Erfassung seines Lebensumfeldes bestimmt. Abstrakte Begriffe behält er nicht oder verwendet er falsch. Das Schreiben und das Lesen sind ihm zeitlebens relativ fremd.

Grenouilles wahre Genialität, das Erfassen, Speichern und Kombinieren von Gerüchen, bleibt seinen Mitmenschen verborgen, sie sehen nur die für die "Normalen" verblüffenden Ergebnisse dieser Genialität und führen sie auf "übernatürliche" Kräfte zurück, die einem Pakt mit dem Teufel geschuldet sind.

So wird angenommen, daß er das zweite Gesicht hat, weil er z.B. Besucher schon lange vor ihrem Eintreffen ankündigt, weil er das sorgfältig versteckte Geld Madame Gaillards findet, weil er weiß, daß eine Raupe im Blumenkohl ist, bevor der Kopf zerteilt ist, und weil er sich ohne Kerze sicher im Keller orientieren kann und vor der Dunkelheit keine Angst hat. Daß dies alles seinem olfaktorischen Vermögen geschuldet ist, ahnen die anderen Kinder und Madame Gaillard nicht.

Auch Grenouilles Verhaltensweisen befremden seine Mitmenschen. Menschlicher Wärme scheint er nicht zu bedürfen, er selbst strahlt Kälte ab. Er lebt isoliert von den anderen Kindern im Heim, nur in sich zurückgezogen.

Er gibt an seine Umwelt nichts ab "als seinen Kot" (Parfum, S. 29). Er führt die Existenz eines "resistenten Bakteriums" (Parfum, S. 27). Er ist Grenouille, der "Zeck".

2.3.2. Grenouille - der Zeck

Grenouille wird, um sein Äußeres und seinen Charakter zu beschreiben, immer wieder mit Tieren verglichen, die eher negativ besetzte Assoziationen wecken und unangenehme Gefühle im Menschen wachrufen (Ekel, Unheimliches).

So wird Grenouille etwa im 14. Kapitel als "Kröte" und "schwarze Spinne" bezeichnet, seine Wesensart als "schlangenhaft" charakterisiert. Auf den animalischen Wesenszug Grenouilles verweisen auch Verben wie zischeln, verharren, krächzen, lauern und schnarren, die seine Lebens- und Sprechweise beschreiben und eher Ablehnung hervorrufen.

Als dominanter Vergleich kann das Bild vom "Zeck" angesehen werden[3], das sich durch den gesamten Roman zieht und Grenouilles zweite Existenzebene verdeutlicht. Dabei ist der Hinweis auf den "zeckischen" Charakter Grenouilles immer mit besonderen, zum Teil existenziellen Momenten in Grenouilles Leben oder mit neuen Lebensabschnitten verbunden.

Zum ersten Mal taucht der Hinweis auf den "Zeck" Grenouille im vierten Kapitel des Romans auf, das Grenouilles Leben im Heim von Madame Gaillard schildert.Eine Zecke wird hier als zäh, still, resistent und genügsam beschrieben, als ein Animal, das von nur einem Blutstropfen leben kann, den es vor Jahren erbeutet hat.

Eine Zecke, so erfahren wir weiter, ist häßlich, grau und klein, unansehnlich, einsam, blind, stumm, taub, dabei aber stur, bockig und zäh. Das Tier bietet durch seine Kugelform die geringstmögliche Angriffsfläche, ist zu einem immerwährenden Überwintern fähig, wittert nach dem Blut von Tieren, die sich ihm nähern und die es aus eigener Kraft nicht erreichen könnte, um sich im richtigen Moment, wenn das Opfer sich unter dem Baum befindet,auf dem die Zecke sitzt, auf das Tier fallen zu lassen und sich in dessen Fleisch zu bohren. "So ein Zeck", erfahren wir, "war das Kind Grenouille." (Parfum, S. 29)

Die Gemeinsamkeiten zwischen der Existenzweise einer Zecke und dem Leben Grenouilles sind augenfällig. Beide halten sich im Hintergrund, leben zurückgezogen und unauffällig, halten ihre eigenen Interessen zurück, bis der (instinktiv erfaßte) Zeitpunkt kommt, diesen Interessen nachzugehen (Grenouille lebt in sich verkapselt, wartet auf bessere

---

3 Heinz Dörfler bezeichnet den Zeck-Vergleich als das "zentrale Symbol" des Romans (H. Dörfler, a.a.O., S.128).

Zeiten, zeigt keine Gefühle, keine seelische Regung und gibt an seine Umwelt nur seinen Kot ab; (vergl. Parfum, S. 29).

Für Grenouille kommt der Zeitpunkt, den eigenen Interessen nachzugehen, während seines Lebensabschnitts als Gehilfe des Gerbers Grimal. Bereits bei der ersten Begegnung erfaßt Grenouille instinktiv, daß Grimal bereit ist, ihn wegen einer Kleinigkeit totzuschlagen (" ...mit dem ersten witternden Atemzug, den er von Grimals Geruchsaura eingesogen hatte, wußte Grenouille.."; Parfum, S. 40). Und so entscheidet sich der Zeck Grenouille dazu, sich ganz in sich zu verkapseln, um auf "zeckenhafte Manier die Epoche der bevorstehenden Eiszeit zu überdauern: zäh, genügsam, unauffällig, das Licht der Lebenshoffnung auf kleinster, aber wohlbehüteter Flamme haltend." (Parfum, S. 41)

Daß das Leben Grenouilles dem einer Zecke gleicht, wird am Ende des 6. Kapitels ebenfalls verdeutlicht. Grimal gesteht seinem Gerbergehilfen einige Freiheiten zu. Grenouille nutzt die freie Zeit, um das Geruchsrevier Paris zu erobern:"Die Zeit des Überwinterns war vorbei.Der Zeck Grenouille regte sich wieder. Er witterte Morgenluft. Die Jagdlust packte ihn." (Parfum, S. 43)

Bis zum 14. Kapitel wird der Vergleich Grenouilles mit dem Zeck nicht mehr verwendet.Beibehalten werden allerdings andere Verweise auf Grenouilles animalischen Charakter.

Das Bild vom Zeck taucht wieder auf, als ein neuer Lebensabschnitt Grenouilles beginnt, nämlich seine Zeit bei Baldini. Als Grenouille den Laden des Parfumeurs betritt, weiß er, daß nun seine Chance gekommen ist, das Parfumeurhandwerk zu erlernen: "Der Zeck hatte Blut gewittert. Jahrelang war er still gewesen, in sich verkapselt, und hatte gewartet. Jetzt ließ er sich fallen auf Gedeih und Verderb, vollkommen hoffnungslos. Und deshalb war seine Sicherheit so groß." (Parfum, S. 90)
Und in der ersten Nacht im Hause von Baldini "rollt" sich Grenouille "wohlig zusammen" und macht "sich klein wie der Zeck." (vergl. Parfum, ·S. 114)

Der nächste Hinweis auf Grenouilles "zeckische" Existenz erfolgt erst wieder, als er in eine neue Phase seines Lebens getreten ist.Während seines Aufenthalts in der Höhle im Plomb du Cantal entfernt sich Grenouille immer weiter von allem, was ein menschliches Leben ausmacht. Er gibt sich seinen Traumräuschen hin, lebt in der Welt seiner Phantasmagorien. So sehr nimmt er eine eigentlich animalische Existenz an, daß ihm die Relikte notwendiger menschlicher Verhaltensweisen (Nahrungsaufnahme, Verrichtung der Notdurf) und das damit verbundene Verlassen seiner Rauschzustände nahezu körperlichen Schmerz, vor allem aber seelische Not bereiten ("Grenouille, der Zeck, war empfindlich geworden wie ein Krebs, der sein Muschelgehäuse verlassen hat und nackt durchs Meer wandert." Parfum, S. 168) Der Widerspruch in Grenouille - sich vom Leben der Menschen weitestmöglich entfernt zu haben, aber doch immer wieder auf eine menschliche Existenzweise zurückgeworfen zu sein - äußert sich hier im Paradoxon vom "empfindlichen" Zeck.

Ein Paradoxon kennzeichnet auch die nächste Verwendung des Zeck-Vergleichs. Wieder ist Grenouille in einer neuen Phase seines Lebens. Die Zeit bei de la Taillade-Espinasse liegt hinter Grenouille, der mittlerweile bei Madame Arnulfi in Grasse arbeitet und Laure Richis Duft für sich entdeckt hat.

Als sich Grenouille aufmacht, um ein zweites Mal Laures Duft zu "erwittern", und er an der Mauer ihres Hauses steht, wird er von einem rein menschlichen Gefühl erfaßt:"Wahrhaftig, Grenouille, der solitäre Zeck, das Scheusal, der Unmensch Grenouille, der Liebe nie empfunden hatte und Liebe niemals inspirieren konnte, (...) war zutiefst beglückt von seiner Liebe." (Parfum, S. 242)

Zeigt sich das Paradoxe einmal darin, daß die ja eigentlich völlig genügsame und unempfindliche Zecke "empfindlich wie ein Krebs" geworden ist, so besteht es nun darin, daß das gefühlskalte, rein animalisch existierende Wesen ein genuin menschliches Gefühl, die Liebe nämlich, entwickelt (wenn es auch nicht die Liebe zu dem Menschen Laure ist, sondern nur zum Duft des Mädchens).

Ein letztes Mal findet der Vergleich des Protagonisten mit einer Zecke Verwendung, als sich Grenouille in einer existenziellen Krise, an einem Scheideweg befindet.Ihm wird klar, daß er Laures Duft wird verlieren müssen, wenn sein Vorrat verbraucht ist. Für einen Moment überlegt Grenouille, seine Pläne aufzugeben und in die Höhle im Plomb du Cantal zurückzukehren, um sich dort zu Tode zu schlafen (vergl. Parfum, S. 243 f.).

"Der Zeck Grenouille, vor die Wahl gestellt, in sich selbst zu vertrocknen oder sich fallenzulassen, entschied sich für das zweite, wohl wissend, daß dieser Fall sein letzter sein würde." (Parfum, S. 244)

Hier gibt der Vergleich vom "letzten Fall" des Zecks Grenouille einen deutlichen Hinweis darauf, daß Grenouille in die entscheidende (und gleichzeitig auch letzte) Phase seines Lebens eintritt. Mit einem klaren Ziel vor Augen, nämlich den Duft Laures in einem Jahr zu ernten, ihn in ein Duftdiadem einzufassen und so das absolute Parfum zu schaffen, schiebt Grenouille seine Zweifel beiseite und macht sich ans Werk. Er ahnt nicht, daß er sein Ziel erreichen wird und sich gerade dadurch seine Existenz als sinnlos erweisen wird.

Bis zum Ende des Romans taucht der Zeck-Vergleich nun nicht mehr auf. Vielleicht, weil das Bild ausgereizt ist (es wird ja in der gesamten zweiten Hälfte des Romans überhaupt sparsam verwendet). Vielleicht aber auch, weil Grenouille im Laufe seiner Entwicklung, je mehr der Prozeß seiner Zivilisation und Sozialisation Fortschritte macht, immer "menschenähnlicher" wird, da er sich zu einem "nützlichen Mitglied" der Gesellschaft entwickelt und sich ihre Konventionen angeeignet hat (bis hin zur Kleidung und einem, wenn auch künstlichen, Menschengeruch). Das Bild vom Zeck wird somit seiner "Menschenexistenz" auch nicht mehr (voll) gerecht. Der Verzicht auf das Bild vom Zeck entspricht damit Grenouilles Entwicklungsprozeß.

Seinen Mördern erscheint er ja nicht mehr als Zeck, als Animal.Nicht einmal mehr als Mensch. Für sie ist er ein "Engelsmensch", ein "Engel" (vergl. Parfum, S. 319 f.).

2.3.3. Grenouille - der Mörder

"Seit Jack the Ripper ist der Serienmörder eine
mythische Figur unserer Zivilisation geworden.
Er verkörpert den Einbruch irrationaler
Grausamkeit in die Routine und Ordnung des All-
tags."[4]

Wenn der Untertitel des Romans "Das Parfum" lautet:"Die Geschichte
eines Mörders", so kommt damit nicht nur eine Information sachlich daher,
sondern es werden auch Erwartungen geweckt, denn der Roman wird
damit gleichzeitig in eine literarische Tradition eingereiht: die der Krimis,
der Detektivgeschichte , des Thrillers[5].

Süskinds Roman steht aber nicht nur in der Tradition eines Genres, mit
dem der Roman gleichzeitig wiederum spielt, sondern auch neben zwei
weiteren Welterfolgen der jüngsten Zeit, nämlich Umberto Ecos Roman
"Der Name der Rose", der als "Klosterkrimi" mit einer in der Tradition der
klassischen Detektive stehenden Hauptfigur, dem Mönch William von
Baskerville,international Furore gemacht hat, und Thomas Harris "Schweigen der Lämmer" mit dem faszinierenden und scharfsinnigen Scheusal
Hannibal Lecter (Hannibal der Kannibale) und dem Serienmörder "Buffalo
Bill".[6] Der internationale Erfolg dieser drei mörderischen Geschichten

---

4 G.Mayr/M.Lindner, Der Killer mit Charisma:Zum Motiv des Serienmörders im Thriller. In: WAZ
   v. 28.4.93, wts 64
5 siehe zum Genre Krimi u.a. Alfred C. Baumgärtner, Krimi. In: Praxis Deutsch 44/80, Seelze
   1980, S.7-14 und Bernd Matzkowski, Die Wandlung der Detektivfigur. In: Praxis Deutsch, 44/
   80, S.53-56
6 Ecos Mönch (William von Baskerville) knüpft nicht nur mit dem Namen an Conan Doyles
   berühmte Detektive-Geschichten an (von denen eine ja bekanntlich "Der Hund von Baskerville"
   heißt), sondern hat auch die analytischen Fähigkeiten und das umfassende Wissen eines
   Sherlock Holmes. Wie Holmes in Dr. Watson seinen (mit einem Alltagsverstand ausgestatteten)
   Adlatus hat,so hat William diesen Begleiter in dem Ich-Erzähler, in dem ihn begleitenden
   Novizen Adson. (Ecos Roman "Der Name der Rose" soll hier nicht auf das Krimi-Genre
   reduziert werden; vielmehr geht es darum, daß auch in Ecos Roman mit Motiven eines Genres
   gespielt wird). Thomas Harris' Hannibal Lecter ist, wie Grenouille, mit einem außerordentlich
   fein entwickelten Geruchssinn ausgestattet:"Sie benutzen Evyan-Hautcreme, und manchmal
   tragen Sie L'Air du Temps, aber nicht heute. Heute sind Sie entschieden unparfümiert."(...) "Wie
   haben Sie von dem Parfüm gewußt?" "Ein Hauch aus Ihrer Tasche, als Sie ihre Karte
   herausholten." (Thomas Harris, Das Schweigen der Lämmer, München 1991, S. 24)

macht das aktuelle Leserinteresse am Finsteren, Unheimlichen, am Gewalttätigen, an den dunklen Seiten unserer Existenz überhaupt deutlich.

Obwohl Grenouille es ja immerhin auf insgesamt 26 Morde bringt und damit einen Jack the Ripper weit übertrifft und obwohl er Seiten aufweist, die in der wissenschaftlichen Literatur als typische Merkmale für Serienmörder gelten[7], begleiten ihn die Leser, und das ist sicher eine Absicht des Romans, durchaus nicht (nur) mit Distanz."Grenouilles Charakter ist so angelegt, daß beim Leser Emotionen sehr unterschiedlicher Art (Abscheu und Haß, Mitleid und Bewunderung) geweckt werden."[8]

Woraus speisen sich aber die (offenen oder auch nur verdeckten) Sympathien für einen 26fachen Mörder? Wie gelingt es, daß wir "Leser zu ängstlich gespannten Komplizen eines Mörders" werden?[9]

Grenouilles Außenseiterdasein spielt dabei wohl eine Rolle. Er ist ja nicht nur Täter, sondern auch Opfer. Ein von der Gesellschaft, ihren Institutionen und Individuen stigmatisierter und geschädigter Einzelgänger, der sich unseres Mitleids sicher sein kann, wenn er verfolgt und ausgebeutet, geschunden und verachtet wird.Der Böse ist böse in einer bösartigen Gesellschaft.Denn alle anderen,die nämlich,denen er begegnet, sind voller Haß und Eigennutz, ohne moralische und sittliche Skrupel,beuten ihn aus,benutzen ihn, lassen ihn unter unwürdigen Bedingungen existieren oder nehmen sogar seinen Tod in Kauf.

Hinzu kommt, daß Grenouille ein "stiller", ein "sanfter" Mörder ist.[10] Seine Mordnächte sind eher Andachten, stillen , weihevollen Feiern vergleichbar (er ruht nach getanem Werk, neben seinen Opfern sitzend, in sich gekehrt,

---

7 siehe hierzu Ulrich Genzler, Kill for Fun-dem Serienmörder auf der Spur. In: Schwarze Beute 7 (Hrsg. R.Rendell); Reinbek 1992, S.157 ff. Genzler referiert Ergebnisse von FBI-Untersuchungen. Danach spielen z.B. Habgier und Leidenschaft im herkömmlichen Sinne zumeist keine Rolle, dafür aber archaische Waffen. Täter und Opfer kennen sich nicht, der Täter wird nicht provoziert. Der Täter lebt zurückgezogen oder sogar als "netter Nachbar" von nebenan. Die seelische Entwicklung der Serienmörder ist oft durch eine gestörte Mutterbeziehung und eine fehlende Vaterfigur gekennzeichnet (vergl. Genzler, a.a.O., S.161-163) Man wird die genannten Faktoren und Umstände unschwer auf Grenouille beziehen können.

8 Norbert Berger, a.a.O., S. 60

9 Joachim Kaiser, a.a.O.

10 Grenouille haßt das Geräusch des Schlages auf den Kopf seiner Opfer! Nur mit zusammengebissenen Zähnen und in verkrampfter Haltung kann er die Phase nach dem "ekelhaften Geräusch" überstehen, bis eine Stille einkehrt.

fast meditativ) und haben nichts mit den Ausbrüchen von Gewalt und den inszenierten Massakern zu tun, wie sie uns bei anderen(literarischen) Serientätern begegnen (vergl. Das Parfum, S.275).[11]

Zudem sind Grenouilles Morde frei von jeglichem sexuellen Aspekt. Schon beim ersten Mord in Paris, der noch am ehesten einem spontanen Getriebensein folgt und nicht exakt geplant ist wie die Morde in und um Grasse, ist Grenouille "...vollkommen unlüstern.Er besitzt kein Gran 'Männerphantasie', hat nichts, was sich sexuell begreifen ließe, hat alles, was er hat, nur im olfaktorischen, im Nasen-Sinn."[12] Annette Meyhöfer schreibt im Zusammenhang mit Grenouilles erstem Mord, es handele sich hierbei um eine "erotische Novität: eine Vergewaltigung, begangen mit der Nase, denn der mörderische Lüstling Grenouille liebt nichts als den Duft seines jungfräulichen Opfers, er tötet es, um es 'welkzuriechen'."[13]

Die körperliche Distanz zwischen Grenouille und den Opfern wird nach dem ersten Mord verstärkt.Benutzt Grenouille bei dem Mord in Paris noch seine Hände, um das Mädchen zu erwürgen,erschlägt er die Mädchen in Grasse mit einer Art Totschläger("Keule") und vermeidet so gut wie jeden Körper (Haut-) Kontakt. Das "Ernten" des Duftes erinnert, durch die Sprache bewußt provoziert, eher an die präzise Handwerksarbeit eines Bäkkers als an die Untat, die es ja eigentlich ist (vergl. Parfum, S. 275 f.).

Daß wir geneigt sind, Grenouille nicht eindeutig zu verurteilen, sondern mit ihm sympathisieren, hat seinen Grund wohl auch darin,daß er uns als Künstler begegnet, der von dem Wunsch geleitet wird, ein einmal gestecktes Ziel zu erreichen, und der sich nicht mit Mittelmäßigkeiten zufrieden gibt, wie Baldini etwa, sondern nach der höchsten Vollkommenheit seines

---

11 als Beispiel sei auf Bret Easton Ellis' (in den USA äußerst kontrovers diskutierten) Roman "American Psycho" verwiesen, dessen Ich-Erzähler Patrick Bateman sich in exzessive Metzeleien hineinsteigert. (Bret Easton Ellis, American Psycho, Köln 1993)

12 G. Stadelmeyer, a.a.O.

13 A. Meyhöfer, a.a.O. Thomas Harris gestaltet mit seinem "Buffalo Bill" ebenfalls einen Mörder, der kein sexuelles Interesse an seinen weiblichen Opfern hat. Die Frauen dienen "Bill" als Lieferantinnen von Haut, wie sie Grenouille als Lieferantinnen ihres Duftes dienen.
Grenouille hat ja nicht nur kein Interesse sexueller Art an seinen Opfern, er ist überhaupt ein Wesen ohne Sexualleben. Lediglich in den Omnipotenzträumen während seiner Zeit im Plomb du Cantal gibt es Anklänge sexueller Phantasien, wenn Grenouille sich vorstellt, daß Land sei mit seinem "göttlichen Grenouillesamen durchtränkt." (Parfum, S. 161)

Werkes strebt.Und er erscheint uns doch eher als tragische Figur, weil die Schöpferkraft an Zerstörung und die geniale Tat an Mord gebunden ist, oder, etwas salopper formuliert: "Man bangt mit dem zielbewußt seinen Plan ausführenden Grenouille wie mit einem indianischen Skalp-Jäger, der halt die Kopfhäute gewiß bedauernswerter Gegner sammelt.".[14]

Die bisher genannten Facetten der Persönlichkeit des Mörders Grenouille mögen ihren Teil dazu beitragen, daß die Leser dem Protagonisten des Romans mit durchaus gemischten, wenn nicht sogar positiven Gefühlen gegenüberstehen. Es gibt aber wohl auch Gründe für die Sympathie mit Grenouille, die mit den Lesern selbst zusammenhängen, mit ihrer (also unserer) Psyche. Ulrich Genzler ist bei der Beantwortung der Frage nach der Faszination, die von Serienmördern (als Filmheld oder Bestseller-Protagonist) ausgeht, zu folgendem Ergebnis gekommen: "Gerade die kenntnisreiche psychologische Auslotung des dämonischen Charakters in der Literatur spielt mit einer Seite unserer Seele, deren Existenz wir nicht wahrhaben wollen und deren Abgründe nur schwer für uns zu fassen sind. Die eruptiven Taten des Serienmörders, die uns wie aus einer fremden Welt erscheinen, rühren an das in uns schlummernde Gewalt-potential. Dabei entsteht ein schillerndes Amalgam aus Angst, Erregung und dem beruhigenden Gefühl, in relativer Sicherheit zu sein. Denn für den wahren Genuß muß eine Bedrohung vorhanden sein, darf aber eine gewisse Grenze der Konkretheit nicht überschritten werden. Wo hingegen der reale Schrecken zu nahe kommt, wird aus dem lustvollen Schauer nackte Angst."[15]

---

14 J. Kaiser, a.a.O.
15 U.Genzler, a.a.O., S.180

2.4. Bauformen des Erzählens: Personenkonstellation - Kompositionsstruktur und Sprache

Süskinds erzählerisches Talent wird allenthalben gelobt. Und dies, obwohl (oder weil?) er sich eines ganz und gar "unmodernen" Erzählstils bedient. "Tatsächlich schreibt Süskind, als hätte er nie Kafka gelesen und nie von Joyce gehört. Seine Vorbilder sind eher bei den Romanciers des neunzehnten Jahrhunderts zu suchen, zumal den französischen von Balzac bis Victor Hugo. Einiges mag er auch, bewußt oder unbewußt, von Marcel Proust gelernt haben. Sicher ist: Um die verschiedenartigen Mittel und Errungenschaften, um die ausgeklügelten Techniken und raffinierten Tricks der modernen Prosa kümmert sich dieser Autor nicht einen Pfifferling", stellt Marcel Reich-Ranicki zurecht fest.[1]

Süskinds **einsträngig chronologisch** erzählter Roman beginnt mit der Geburt des Protagonisten, endet mit dessen Tod und umfaßt eine **erzählte Zeit** von rund 29 Jahren. Somit ergeben sich **Raffungen**, denn die **Erzählzeit** ist wesentlich kürzer als die erzählte Zeit. Der **auktoriale Erzähler** organisiert die Elemente der Geschichte, wie Ereignisse, Figuren, Schauplätze und Zeit, von einem **allwissenden** Standpunkt aus, wendet sich gelegentlich in **Kommentaren**, die manchmal einen ironisch-distanzierten Unterton haben, an die Leser und Leserinnen. Der Erzähler bedient sich überwiegend des **Erzählerberichts**, wobei Ereignisse, Figuren und Räume ebenso beschrieben werden wie die Gedanken und Empfindungen der Figuren (Innensicht) vor den Lesern ausgebreitet werden. Der Autor verwendet verschiedene Formen der **Personenrede** (direkt oder indirekt wiedergegebene Äußerungen oder Gedanken der handelnden Figuren). Er verzichtet allerdings auf erzählerische Mittel wie den **inneren Monolog**, **stream of consciousness** oder **Montagetechnik**.

---

1 Marcel Reich-Ranicki, a.a.O.; W. Schütte ist einer der wenigen Rezensenten, die Süskinds Erzählstil negativ bewerten und den Lobrednern unterstellen, in ihrer Begeisterung für den Autor und seinen Erzählstil schwinge auch das "immer präsente Ressentiment gegen das Riskante, Komplexe, 'Esoterische'der Avantgarde" mit. (W.Schütte, a.a.O.)

Eine Besonderheit stellt die (wie die Szene eines Theaterstücks) ange-
legte Passage des Romans dar, in der das Gespräch zwischen Baldini und
Pelissier im Figurendialog präsentiert wird (der Erzähler tritt hinter die
Figuren völlig zurück; vergl. Kap. 10 des Romans).

Der Roman ist in vier unterschiedlich umfangreiche Teile gegliedert,
wobei die Kindheit Grenouilles und seine Zeit bei Grimal und Baldini in 22
Kapiteln geschildert werden (erster Teil) und Grenouilles Tod in nur einem
Kapitel (zugleich Teil 4) abgehandelt wird. Alle Kapitel sind um eine
"Achse" gruppiert: die Darstellung von Grenouilles Leben im Plomb du
Cantal (in den Kapiteln 24 bis 29). Diese "Mittelachse" des Romans fällt in
eins mit Grenouilles Entwicklungsprozeß vom Jugendlichen zum Erwach-
senen (als Grenouille den Plomb du Cantal im Jahre 1756 erreicht, ist er
achtzehn Jahre alt; er verläßt den Berg als 25jähriger) und dem entscheidenden Schritt zu seiner Selbstfindung (er entdeckt das Fehlen
seines Eigengeruchs). Im Hinblick auf die innere Entwicklung des Protagonisten liegt der Höhepunkt also in der "Mitte" des Romans.Im Hinblick auf
die äußere Entwicklung der Geschehnisse und den äußeren Spannungs-
bogen liegt der Höhepunkt im III.Teil des Romans, in dem die "Geschichte
eines Mörders" u.a. "auch von den gängigen Stilmitteln der Krimi-Suspense
getragen" wird.[2]

In allen vier Teilen des Romans geht der Protagonist Sozialbeziehungen
ein. Untersucht man den Roman im Hinblick auf die **Personenkonstellation**
,so ergibt sich nicht nur, daß Grenouille eine Hauptfigur ist, die keinen
Gegenspieler, bestenfalls Mitspieler hat, sondern auch, daß die Struktur(die
Qualität) der Beziehungen durch ähnliche (teilweise identische) Muster
und Verhaltensweisen gekennzeichnet ist. Doch nicht nur die Struktur der
menschlichen Beziehungen ist durch bestimmte Merkmale gekennzeichnet. Es gibt Strukturmerkmale (Momente), die sich durch den Roman
insgesamt ziehen.Es sind dies das **Moment des Aufbruchs**, das **Moment des Paradoxen**, das **Moment des Zufalls** und das **Moment des
Scheiterns und der Anonymität**.

---

2 Eckhard Franke, a.a.O., S.4

2.4.1. Personenkonstellation

> "Der Mensch braucht offenbar einen Spiegel, in dem er
> sich selbst anschaut, sonst weiß er nicht, wer er ist,
> sonst hat er kein Bild von sich selbst. (...) Was andere
> über uns sagen, prägt tief und gründlich das Bild, das
> die Welt von uns hat. Ja,noch unheimlicher: Wir sind sogar
> in unserem eigenen Urteil über uns selbst vom Urteil der
> anderen abhängig. Wir übernehmen die Rolle, die andere uns
> zuschreiben, wir werden so, wie sie uns erdichten."[3]

Grenouille kommt bereits als ungeliebter Sohn auf die Welt.Seine **Mutter** will nur, "daß der Schmerz aufhöre" und deshalb die "eklige Geburt so rasch als möglich hinter sich bringen." (Parfum, S. 7f). Seine Mutter sieht in ihm nur ein blutiges Stück Fleisch, das mit dem Fischgekröse unter ihrem Verkaufstisch mehr Ähnlichkeit hat als mit einem Menschen. Grenouilles erste Erfahrung ist also die der Ablehnung, der Gleichgültigkeit, der mangelnden Fürsorge, des Hasses. Wen wundert es da, wenn der Schrei, mit dem das Neugeborene auf sich aufmerksam macht, kein "instinktiver Schrei nach Mitleid und Liebe " ist, sondern ein Schrei der Entscheidung "gegen die Liebe und dennoch für das Leben." (Parfum, S. 28).

Das Kind kommt in die Obhut von **Ammen**, die es aber - alle aus dem gleichen Grund - nach wenigen Tagen weiterreichen. Der kleine Grenouille stört das rentable Stillen der Ammen, da er "zu gierig" ist. Bereits in den ersten Wochen seines Lebens wird Grenouille somit unter dem Gesichtspunkt der ökonomischen Rentabilität beurteilt. Er zählt nicht als Mensch, sondern als Einkommensquelle, als wirtschaftlicher Faktor. Die rasch wechselnden, instabilen und von Seiten der Bezugspersonen auf mangelnder Liebe und Ablehnung gegenüber dem Kind beruhenden Sozialbeziehungen verhindern zwangsläufig die Herausbildung eines Urvertrauens bei Grenouille. Die Ablehnung, den Haß, den bereits der kleine Grenouille[4] verspürt, wird er stets in sich tragen und an seine Mitmenschen zurückgeben.

---

3 H. C.Knuth, Verstehen und Erfahrung, Hannover 1968, S.7f, zitiert nach H.Dörfler, a.a.O., S.119
4 "Ob ich liebevoll, vertrauensvoll, aufgeschlossen und neugierig auf dieses Leben zugehe oder
   verschlossen, mißtrauisch und wenig liebesfähig, das entscheidet sich an meinen frühkindlichen
   Erfahrungen. Wie mein Urvertrauen, so mein ganzes Leben." Knuth, a.a.O.)

Die letzte der Ammen, **Jeanne Bussie**, gibt aus dem gleichen Grund wie ihre Vorgängerinnen bereits nach wenigen Wochen den kleinen Grenouille in die Obhut von **Pater Terrier**, verbindet aber die Aufkündigung des Ammenverhältnisses mit einer Stigmatisierung des Kindes ("Er ist vom Teufel besessen!"), was die Amme auf den fehlenden Körpergeruch des Kindes zurückführt. Pater Terrier, zwischen Seelsorgersyndrom, Standesdünkel gegenüber der Amme und leichten Anflügen von Vatergefühlen schwankend, erkennt in Grenouille, nach dessen ersten Regungen, nur noch ein "feindseliges Animal", ein "fremdes, kaltes Wesen, das einer "Spinne" gleicht (Parfum, S. 24).[5]

Ein rascher Wechsel der Bezugspersonen und ein Gleichmaß an Ablehnung bestimmen die ersten Lebenswochen und Monate Grenouilles. Erst bei **Madame Gaillard** werden die Sozialbeziehungen Grenouilles stabiler - allerdings auf der Basis absoluter Gefühlskälte. Madame Gaillards "vollkommene Emotionslosigkeit" korrespondiert mit einem "gnadenlosen Ordnungs- und Gerechtigkeitssinn" (Parfum, S. 26), was Grenouille "gedeihen" läßt ("Hier aber, bei dieser seelenarmen Frau gedieh er." Parfum, S. 27)

Auf die ihm entgegengebrachte Gefühlskälte reagiert Grenouille mit einer absoluten Abkapselung gegen seine Mitmenschen, er wird zum "Zeck". Diese Entwicklung ist eine Reaktion auf die Haltung der Kinder im Heim gegenüber dem absonderlichen Fremden, der ihnen die Verkörperung alles Bösen zu sein scheint, obwohl er, "objektiv gesehen, gar nichts Angsteinflößendes" (Parfum, S. 31) an sich hat. Er ist "zwar häßlich, aber nicht so extrem häßlich, daß man vor ihm hätte erschrecken müssen." Grenouille ist "nicht aggressiv, nicht link, nicht hinterhältig", er "provoziert nicht." (Parfum, S. 31). Ablehnung und Haß, denen Grenouille sich ausge-

---

5   Wenn es über Pater Terrier heißt, er sei ein gebildeter Mann und habe nicht nur "Theologie studiert, sondern auch die Philosophen gelesen" und sich mit Botanik und Alchemie beschäftigt, so mag dies durchaus als parodistisches Spiel mit dem Faust-Monolog gelesen werden, in dem Faust von sich sagt:
    "Habe nun, ach! Philosophie,
    Juristerei und Medizin
    und leider auch Theologie
    durchaus studiert, mit heißem Bemühn" (Faust I, V.354-357); vergl. hierzu auch J.Ryan, a.a.O., S. 98

setzt sieht, kulminieren in den mehrfachen Mordversuchen seiner Mitbewohner im Heim, die somit das Böse, das sie auf ihn projizieren, selbst
verkörpern! Die Ablehnung des Anderen, des Fremden läßt sie zu (poten-
tiellen) Mördern werden.

Für 15 Franc übergibt Madame Gaillard den Achtjährigen dem **Gerber
Grimal**, wobei Madame Gaillard den Tod Grenouilles als Folge der im
Arbeitsprozeß eingesetzten ätzenden und giftigen Substanzen wissent-
lich in Kauf nimmt.
Bei Grimal erst wird aus Grenouille, dem "Animal"(Terrier), ein ani-
malisches Geschöpf - aber Grenouille wird dazu gemacht. Denn Grimal
erweist sich als roher, unmenschlicher Ausbeuter allerschlimmster Sorte,
der jederzeit bereit ist, den Knaben "zu Tode zu prügeln" (Parfum, S. 41),
und ihm eine mehr tierische als menschliche Existenz aufnötigt (vergl.
Parfum, S. 42). Die extremsten Auswüchse der Ausbeutung mildert Grimal erst , als Grenouilles ökonomischer Wert, nach überstandenem Milzbrand, steigt. Seine Arbeitskraft läßt sich nun noch besser und extensiver
ausbeuten.

Mit dem Wechsel zu **Baldini** verbessern sich die Lebensbedingungen
Grenouilles zwar, aber dies nur deshalb, weil Baldini erkennt, wie wertvoll
der Junge in ökonomischer Hinsicht für ihn ist. Eine menschliche Beziehung baut Baldini zu Grenouille nicht auf; selbst seine karitativen Gesten
am Krankenbett Grenouilles sind von ökonomischen Beweggründen ge-
steuert und keinesfalls Ausdruck menschlichen Mitgefühls. Im Gegensatz
zu Grimal praktiziert Baldini lediglich eine menschlichere Variante der
Ausbeutung.

Auch der **Marquis de la Taillade-Espinasse** hat kein Interesse an dem
Menschen Grenouille (nach Beendigung des ersten Vortrags in der Universität "packt" der Marquis Grenouille wieder ein und "verfrachtet" ihn in
den Speicher seines Palais; vergl. Parfum, S.182; die Sprache dokumentiert hier die Verdinglichung des Menschen, seine Reduzierung auf eine
Sache). Dem Marquis ist Grenouille nur als lebender Beweis für seine
Theorie wichtig. Daß Taillade-Espinasse Grenouille in die Gesellschaft

einführt, soll seinen Ruhm mehren, erfolgt aber nicht aus Sympathie für sein "Beweisstück".

Madame Arnulfi und ihrem Liebhaber **Druot** bleibt der neue Geselle ebenfalls fremd. Sie interessieren sich nur insoweit für Grenouille, als er den Geschäftsbetrieb ihn Gang hält (Arnulfi) und eine Entlastung von eigener Arbeit befördert (Druot).

Die "Liebe", die die Massen Grenouille am Tage seiner Hinrichtung entgegenbringen und die auch in **Richis'** Wunsch zum Tragen kommt, Grenouille zu adoptieren, ist nicht Ausdruck wahrer menschlicher Gefühle, sondern beruht ja auf der Verführungskraft des Grenouilleschen Parfums. Diese "Liebe" hebt also nicht die Entfremdung auf, sondern verdoppelt sie. Als Perversion echter menschlicher Gefühle verschärft diese "Liebe" die Distanz zwischen Grenouille und seinen Mitmenschen, fördert den tief sitzenden, auf der Erfahrung der Ablehnung beruhenden Haß wieder ans Tageslicht. Auf der anderen Seite treibt sie Grenouille von sich selbst weg, weil er erkennen muß, daß sein "Menschsein" an das Parfum gebunden und daher flüchtig ist und auf einer (Selbst-)Täuschung beruht. Grenouille wird zum Gefangenen seiner Genialität. Er will zwar den Menschen gleich werden, einmal als einer von ihnen angesehen werden. Doch die Menschen können ihn nicht als den erkennen, der er ist. Daraus resultiert sein Haß auf die Menschen.

Grenouille scheitert nicht (nur) an sich selbst, sondern (auch und gerade) an den Menschen. In der Unmenschlichkeit Grenouilles, in seiner kalten Grausamkeit und seiner gefühlsleeren Psyche, spiegeln sich die Grausamkeit und Gefühlskälte der menschlichen Gesellschaft und der Individuen, mit denen Grenouille in sozialen Kontakt kommt. "Wir brauchen einen Spiegel unseres Wesens - gleich wer das ist - um uns überhaupt zu erkennen. Wie dein Spiegel ist, so bist Du, also kommt es auch drauf an, was wir für Spiegel haben, um uns selbst zu sehen und zu finden."[6]

Was auf den ersten Blick als historisches Kostümstück erscheinen mag, erweist sich somit beim Betrachten der Sozialbeziehungen als paraboli-

---

6 Knuth, a.a.O.,S.119

sches Gegenwartsstück über die Unmöglichkeit der Liebe und die Einsamkeit des Einzelnen in der Masse.

Grenouilles Entwicklung zum Mörder erscheint im Hinblick auf seine Gegenüber als ein folgerichtiger Prozeß, denn er steht "(...) vor zertrümmerten Spiegeln. Zertrümmerte Spiegel, das heißt: zertrümmerte Gesichter, zerstückelte Leiber."[7]

2.4.2. Strukturmerkmale

2.4.2.1. Das Moment des Aufbruchs

Der Erzähler führt uns die Entwicklung seines Protagonisten in einem zweifachen Bewegungsprozeß vor. Auf der Ebene der Reisebeschreibung folgen wir Grenouille auf seinem Weg durch Frankreich, der ihn nach knapp dreißig Jahren wieder an seinen Ausgangspunkt zurückbringt.Im Hinblick auf seine Persönlichkeitsentwicklung (Suche nach Ich-Identität) zeigt uns der Erzähler den inneren Bewegungsprozeß Grenouilles, bei dem Ausgangs- und Endpunkt ebenfalls in eins fallen. Die Reise Grenouilles durch Frankreichs Regionen ist gleichzeitig immer auch eine Reise durch sein Inneres, sein Seelenleben. In beiden Prozessen gibt es Gelenkstellen, Stationen der Veränderung, gibt es das **Moment des Aufbruchs**.

Entwicklungen in der Biographie des "Helden" sind dabei verbunden mit Ortswechseln.

Nach dem ersten Mord macht Grenouilles Persönlichkeitsentwicklung einen Sprung. Er hat ein Ziel vor Augen (ein Schöpfer von Düften zu werden), einen Maßstab für die Beurteilung von Düften (den Duft des Mädchens) und die Einsicht in die Notwendigkeit, sich die Handwerkstechniken der Parfumherstellung anzueignen. Mit seinem inneren Aufbruch geht ein Ortswechsel einher. Grenouille verläßt Grimal und arbeitet fortan bei Baldini.

Als Grenouille erkennt, daß er mit den bei Baldini erlernten Techniken der Destillation keine entscheidenden Fortschritte mehr machen kann,

---

7 Knuth, ebenda

Edgar Neis
Das große Aufsatzbuch
6. überarbeitete Auflage

Methoden und Beispiele des Aufsatzunterrichts für die Sekundarstufen I und II

ISBN: 0698-X   212 Seiten DM 22,80

Inhalt: Zur Technik des Aufsatzschreibens - Stoffsammlung und Disposition - Wie schreibe ich eine Charakteristik? - Themen und Aufsätze zu unserer Zeit - Aufsätze zur Literatur - Wege der Texterschließung - Interpretationshinweise - Fachbegriffe für die Aufsatzlehre (Lexikon der Terminologien) - Vorschläge für Aufsatzthemen - Literaturnachweis u.v.a.

Dieses Buch richtet sich an Lehrer, Schüler von Haupt-, Real- und Oberschulen (Gymnasien).

Breit eingesetzt in Grund- und Leistungskursen.

☐ Hiermit bestelle ich _____ Exemplar(e) dieses Titels gegen Rechnung!

Jürgen Meyer / Ulrich Stau
Englisch 5./6. Klasse
2. verbesserte Auflage 1994 - zahlreiche Illustrationen - DIN A5

ISBN: 1405-2   88 Seiten - DM 16,80

Der gesamte Stoff der 5. und 6. Klasse wird in diesem Nachhilfe- und Übungsbuchbuch wiederholt. Es enthält 74 Übungen mit Illustrationen - einfach und leichtverständlich, ohne lästige Regeln. Jede Übung beginnt mit einem Musterbeispiel, das es in analoger Anwendung durchzuführen gilt. Die richtigen oder falschen Lösungen können im Anhang nachgeprüft werden. Der Text und der Wortschatz sind so einfach gehalten, daß 11 - 12 jährige ohne Schwierigkeiten allein (oder mit Eltern) mit diesem Buch arbeiten und sogar Spaß daran haben können.

☐ Hiermit bestelle ich _____ Exemplar(e) dieses Titels gegen Rechnung!

BESTSELLER!
Egon Ecker
Wie interpretiere ich ein Gedicht?
Methoden anhand von vielen Beispielen

ISBN: 0695-5   160 Seiten DM 19,80

In diesem Buch geht es nicht darum, Gedichtinterpretationen vorzustellen, sondern einen Weg von vielen möglichen aufzuzeigen, wie man Gedichte interpretieren kann. Anhand von Gedichten der verschiedensten Epochen werden Hinweise gegeben, wie man inhaltlich und formal Texte erklären und verständlich machen kann. Die Arbeitsweise vollzieht sich dabei in fünf Schritten:
- dem jeweiligen Gedicht folgt eine Anleitung und Stoffsammlung
- eine Gliederung und Gliederungsskizze
- eine Ausarbeitung und Auswertung
- Aufgaben zum Text

☐ Hiermit bestelle ich _____ Exemplar(e) dieses Titels gegen Rechnung!

NEU!
Albert Lehmann
Erörterungen

ISBN: 0490-1   184 Seiten DM 22,80

Die aktualisierte Sammlung von ca. 58 Gliederungen, die durch Erläuterungen - vornehmlich Beispiele - zu den einzelnen Gliederungspunkten erweitert ist, soll die Wiederholung des Jahresstoffes erleichtern und anhand der Beispiele versch. Möglichkeiten der Erörterung aufzeigen. - Der Leitfaden für alle Schüler und Lehrer!-

Stoffkreisthemen: Ausländerfeindlichkeit - Natur - Tourismus - Technik - Freizeit - Arbeit/Beruf - Generationskonflikte - Drogen - Kinder und Familie - Arbeitslosigkeit - Die Stellung der Frau in der Gesellschaft - Sport - Massenmedien und viele Einzelthemen.

☐ Hiermit bestelle ich _____ Exemplar(e) dieses Titels gegen Rechnung!

Lernhilfen und Interpretationen aus dem C. Bange Verlag

☐ Bitte senden Sie mir an die untenstehende Adresse laufend kostenlos Prospekte und Kataloge über Bücher aus dem C. Bange Verlag, Hollfeld, Tel.: 09274-372/Fax: 09274-80230.

☐ Lernhilfen / Königs-Erläuterungen
☐ Lernhilfen "Deutsch" namhafter Verlage
☐ kl. Übersetzungsbibliothek gr. und röm. Klassiker

Versandanschrift: (9/94)

Name: ....

Beruf: ....

Straße u. Nr.: ....

Wohnort: ....

Antwort

C. Bange Verlag
und Versandbuchhandlung
Postfach 11 60

96139 Hollfeld

Briefmarke
nicht
vergessen

kommt er, nachdem er eine innere Krise durchlebt hat, zu der Erkenntnis, sich andere Techniken aneignen zu müssen. Er verläßt Baldini und bricht nach Süden auf.

Am Ende seiner monadischen Existenz im Plomb du Cantal, der nächsten Station seiner Reise, stehen Grenouilles Einsicht in den fehlenden Eigengeruch und der Wille, seine technischen Fähigkeiten zu vervollkommnen. Erneut zieht die innere Entwicklung, die Grenouille zu einer höheren Stufe der Selbsterkenntnis führt, einen Ortswechsel nach sich. Das **Moment des Aufbruchs** verschafft sich abermals Geltung.

Als sein "Prozeß der Zivilisation" Fortschritte gemacht hat, verläßt Grenouille den Marquis de la Taillade-Espinasse. Der abermalige Ortswechsel führt Grenouille nach Grasse. Hier ist Grenouille am südlichsten Punkt seiner Reise und damit am weitesten von seinem Geburtsort entfernt. Für einen Moment ist er auch am Extrempunkt seiner inneren Reise (er ist Grenouille, der Gott). Doch gleichzeitig wird diese Station seines Lebens zum inneren und äußeren Wendepunkt.

Grenouilles letzter Aufbruch ist ein Aufbruch zum Ausgangspunkt seiner Reise und den Anfangspunkt seiner Entwicklung. So rasch Grenouille zum Ausgangspunkt der Reise, Paris, zurückkehrt, so schlagartig ist er wieder auf sich selbst zurückgeworfen.

2.4.2.2. Das Moment des Paradoxen

Es muß als paradox erscheinen, daß ausgerechnet der Sohn einer Fischhändlerin, deren Nase "gegen Gerüche im höchsten Maße abgestumpft" ist (Parfum, S. 7) und der noch dazu am "allerstinkendsten Ort" geboren wird, ein so hoch entwickeltes Geruchsorgan besitzt wie Grenouille. Doch ist dies nicht das einzige **Paradoxon**, das der Roman bereithält.

Paradoxerweise "gedeiht" Grenouille bei Madame Gaillard, einer Frau von absoluter Gefühlskälte. Durch eine normalerweise todbringende Krankheit, den Milzbrand, wird Grenouille für Grimal ein relativ wertvoller Geselle, so daß sich seine Lebensumstände leicht verbessern.

Paradox ist es auch, daß sich Grenouille in einer Phase der absoluten Menschenferne, in der Einsamkeit der Höhle im Plomb du Cantal,am wohlsten fühlt und - äußerlich einem Tier immer ähnlicher - menschliche Gefühle und Regungen wie Liebe und Haß durchlebt. Und ein Paradoxon läßt sich auch darin sehen, daß Grenouille an diesem auf ein Minimum an Bewegungsfreiheit reduzierten Ort die Weite der Welt, sein Phantasiereich nämlich, in Besitz nehmen kann. An einem Ort absoluter Geruchlosigkeit erträumt sich Grenouille Millionen und Abermillionen von Gerüchen und Geruchskombinationen. Während draußen ein Krieg tobt, lebt Grenouille in absolutem Frieden.

Und ausgerechnet ein Adeliger, in der gesellschaftlichen Hierarchie weiter von Grenouille entfernt als alle anderen Menschen, denen er begegnet ist, nennt ihn zum ersten Mal "Monsieur" und - wenn auch "rein spirituell" - seinen "fluidalen Bruder".

Das **Moment des Paradoxen** begegnet uns aber auch in den Lebensphasen Grenouilles während seines Aufenthaltes in Grasse.

Der Vater des schönsten Mädchens spielt durch seine Versuche, seine Tochter zu retten, dem Mörder geradezu in die Hände. Und dieser Mann bittet ausgerechnet den Mörder seiner Tochter darum, ihn adoptieren zu dürfen. Paradox ist es auch, daß der Mörder der 25 Mädchen, für dessen Schuld es eindeutige Beweise gibt, schließlich freigesprochen wird, ein Unschuldiger aber (ohne stichhaltige Beweise) für schuldig erklärt wird. Während die geplante Hinrichtung des wirklichen Mörders in einem grand-guignolesken Massenspektakel endet, wird der Unschuldige anonym verscharrt. Können (wollen) sich die "Gesunden" schon bald nicht mehr an dieses Spektakel erinnern, sind es paradoxerweise die "Kranken", die nicht so schnell vergessen. Grenouille selbst erlebt im Moment seines großen Triumphes seine innere Katastrophe. Im Moment seiner größten Machtfülle über die Massen ist er der einsamste Mensch auf der Welt, inmitten der Zehntausenden ist er allein.

Und daß die Mörder und Tagediebe Grenouille "zum Fressen gern haben" und , indem sie ihn töten und kannibalisch verzehren, zum ersten Mal "etwas aus Liebe" tun - ein Paradoxon. (siehe Punkt 4)

2.4.2.3. Das Moment des Zufalls

Das **Moment des Zufalls** spielt schon bei Grenouilles Geburt eine Rolle. Zufällig ist es nämlich der heißeste Tag des Jahres, und Grenouilles Mutter fällt in eine Ohnmacht, so daß der Knabe auf sich aufmerksam machen kann. Zufällig hat Pater Terrier Kenntnis vom Heim der Madame Gaillard, obwohl dies weit außerhalb der Stadt liegt. Und zufällig ist seine Kirchengemeinde karitativ tätig, so daß Grenouilles Unterbringung bei Madame Gaillard finanziell abgesichert ist. Und zufällig hat diese Madame Gaillard ihren Geruchssinn verloren, so daß es ihr, im Gegensatz zu den Ammen vorher, nicht auffällt, daß der kleine Grenouille keinen Eigengeruch hat.[8]

Zufällig kennt Madame Gaillard den Gerber Grimal, der einen Gehilfen gebrauchen kann, als Madame Gaillard den ihr unheimlich gewordenen Grenouille loswerden will. Daß zufällig auch noch die Zahlungen für Grenouille ohne erkennbaren Grund ausbleiben, erleichtert Madame Grenouille den "Verkauf" ihres Zöglings. Und zufällig schickt Grimal seinen Gesellen Grenouille in dem Moment zu Baldini, als dieser entschlossen ist, seine Parfumeursexistenz aufzugeben.

Zufällig steigt Grenouille gerade in dem Moment in sein Bett, als der tote Grimal (zwanzig Meter unter ihm) vom Fluß unter der Pont au Change durchgetrieben wird.

Zufällig kommt es just in dem Moment zu einem Wettersturz, als der in seiner Höhle schon halberfrorene Grenouille sich entschlossen hat, sich "zutode zu schlafen" (Parfum, S. 169). Und zufällig stößt Grenouilles Schwindelgeschichte ausgerechnet beim Marquis de la Taillade-Espinasse auf Glauben, der in Grenouille den lange gesuchten Beweis für seine Theorie sieht.

---

8   Der medizinische Fachbegriff für die Krankheit von Madame Gaillard lautet Anosmie. Oliver Sacks berichtet über den Fall eines Mannes, dessen olfaktorische Nervenstränge, die relativ ungeschützt in der vorderen Schädelgrube liegen, durch eine Kopfverletzung geschädigt wurden und der nichts mehr riechen konnte(vergl. O.Sacks, Der Mann, der seine Frau mit einem Hut verwechselte, Reinbek 1992, S.214 f.). Madame Gaillard hat ihren Geruchssinn aufgrund eines Schlages "mit dem Feuerhaken über die Stirn" verloren (Parfum, S. 25).

Zufällig bekommt Grenouille noch an seinem ersten Tag in Grasse den Geruch von Laure Richis in die Nase, die zufällig im Garten spielt. Und zufällig benötigt Frau Arnulfi einen weiteren Gesellen, so daß Grenouille ohne Schwierigkeiten eine Anstellung bekommt. Madame Arnulfis Kabane, die sie Grenouille als Wohnquartier zuweist, liegt wie zufällig recht abgeschieden und ist damit für Grenouilles Experimente bestens geeignet.

Daß - dem Zufall sei Dank! - neben der Tennenluke zu Laure Richis' Zimmer, in dem Laure alleine schläft, eine Leiter steht, das Fenster nicht verschlossen und der Himmel bedeckt ist und die Hunde schlafen, als Grenouille Laure Richis' Duft "erntet", soll ebenfalls erwähnt sein.

Daß Grenouille am heißesten Tag des Jahres in Paris ankommt, schließt den Kreis der Zufälle.

Das Leben, so legt es die Häufung von Zufällen nahe, ist nicht planbar. Vielmehr scheint es so, als ob der Zufall seine Wirkung besonders dann entfaltet, wenn die Menschen ihr Leben planen.[9]

2.4.2.4. Das **Moment des Scheiterns und der Anonymität**

Grenouille steckt sich ein Ziel: die Schaffung des absoluten Parfums. Im Gegensatz zu anderen Figuren des Romans erreicht Grenouille sein Ziel. Ihm gelingt es, seine essence absolue zu kreieren.

Im Verlaufe seines Lebens begegnet Grenouille Menschen, die sich ebenfalls Ziele gesteckt haben, sie aber - seltsamerweise nach dem Kontakt mit Grenouille - nicht mehr erreichen. In den Schicksalen dieser Figuren verkörpert sich das **Moment des Scheiterns und der Anonymität**.

Grenouilles Mutter hat Zukunftspläne. Sie will einen ehrbaren Handwerker heiraten und vielleicht sogar Kinder bekommen. Doch sie wird geköpft

---

9 Über das Wirken des Zufalls hat Dürrenmatt sich in seinen Anmerkungen zum Stück "Die Physiker" geäußert. Es heißt dort u.a.:" 4. Die schlimmstmögliche Wendung ist nicht voraussehbar. Sie tritt durch Zufall ein. 5. Die Kunst des Dramatikers besteht darin, in einer Handlung den Zufall möglichst wirksam einzusetzen." (F. Dürrenmatt, 21 Punkte zu den Physikern. In: Dürrenmatt, Die Physiker, Zürich 1962, S. 77 f.)

und versinkt in der Anonymität anderer hingerichteter Straftäter. Noch nicht einmal über ihre Grabstätte erfahren wir etwas.

Madame Gaillard plant ihre Zukunft sehr sorgfältig - vor allem trifft sie Vorsorge für ihren Tod. Sie will nicht, wie einst ihr Mann, mitten zwischen anderen Sterbenden liegen und in den Tod dämmern. Madame Gaillard wünscht sich einen "privaten Tod".

Doch - ein weiteres Paradox! - sie lebt zu lange, wird zu alt. Als Folge der Revolution verliert ihr Erspartes seinen Wert, und sie erleidet genau das Schicksal, das sie zu vermeiden hoffte. In einem Massengrab, in einen Sack genäht, also gesichtslos, findet sie unter einer dicken Schicht Kalk ihr anonymes Ende.

Den Gerber Grimal trifft das **Moment des Scheiterns und der Anonymität**, als er glaubt, ein besonders gutes Geschäft gemacht zu haben, denn die zwanzig Livre, die ihm Baldini für Grenouille zahlt, sind eine großer Betrag. Doch noch am Tag des "besten Geschäfts seines Lebens" (Parfum, S. 113) stürzt er in die Seine und wird vom Fluß fortgetragen, ohne Spuren zu hinterlassen.

Baldini hat große Pläne. Er will Grenouilles Genialität auch nach dessen Aufbruch ausnutzen. Er notiert sich, um ganz sicher zu gehen, die Formeln für die Parfums, Cremes und Tinkturen, die seinen Reichtum mehren sollen, gleich in zwei Büchern, von denen er eins ständig bei sich trägt und nachts unter seinem Kopfkissen verwahrt. Der Siebzigjährige, zum größten Parfumeur Europas und zu einem der reichsten Bürger von Paris aufgestiegen, wird, wie schon vor ihm Grimal, nach dem unerklärlichen Zusammenbruch der Pont au Change, von der Seine ins Meer getrieben. Von ihm bleibt nichts als ein Gemisch von Düften, das noch einige Wochen über der Seine schwebt.

Das Schicksal des anonymen Todes teilt Baldini mit dem Marquis de la Taillade-Espinasse. Auch diesen trifft der Tod, als er den Gipfel der Berühmtheit erlangt und nachdem Grenouille ihn verlassen hat. Der Marquis löst sich in Luft auf, verschwindet am Gipfel des Pic du Canigou - "kein

Kleidungsstück, kein Körperteil, kein Knöchelchen" (Parfum, S. 207) wird gefunden und erinnert an den großen Gelehrten.

Druot hat weitaus bescheidenere Pläne als Baldini und der Marquis. Er ist ganz zufrieden damit, daß sich sein Leben zwischen den Grasser Kneipen und dem Bett von Madame Arnulfi abspielt, während Grenouille den Geschäftsbetrieb in Schwung hält. Mit dem Meisterbrief und mit der Verheiratung mit Madame Arnulfi ist seine bürgerliche Existenz, so glaubt er, für die Zukunft gesichert. Nach dem Weggang Grenouilles wird Druot als Mörder verurteilt und nach einer rasch vollzogenen Hinrichtung beigesetzt.Ohne Anteilnahme seiner Gattin, nur im Beisein einiger Offizieller, wird Druot beerdigt. Nichts erinnert mehr an ihn.

Und Grenouille selbst? Er erreicht sein Ziel. Doch führt ihn die Erreichung des Ziels in die persönliche Katastrophe. Weil er dies erkennt, sucht er, im Gegensatz zu allen anderen, deshalb seinen Tod bewußt - doch auch er verflüchtigt sich, löst sich auf, verschwindet, ohne eine Spur zu hinterlassen.

***

Die Menschen, so legt es das Schicksal der Romanfiguren nahe , sind zum Scheitern verurteilt. Ihre wohlfeilen Pläne werden durchkreuzt, von Zufällen regiert, ihr Leben ist von Paradoxien bestimmt. Ihre Zukunft heißt Anonymität. Der "anything-goes-Mentalität" wird eine Absage erteilt, die Autonomie des Subjekts erweist sich als Illusion.
In einem stillen Moment der Erkenntnis hat (der bereits resignierte) Baldini diese Einsicht (oder eine dumpfe Vorahnung davon) in den Lauf der Welt, den Gang der Dinge: blickt er aus dem Fenster seines Hauses, hat er den "**wegströmenden Fluß** vor Augen"
(Parfum, S. 76, Hervorhebung vom Autor). Und dies ist ihm ein Sinnbild für das "Wegströmen" aller Hoffnungen, allen Reichtums, der Zukunft überhaupt. Heraklits "alles fließt" findet hier seinen bildhaften Ausdruck: alles ist in Bewegung - aber es ist eine Bewegung von den Menschen weg.

2.4.3. Sprache und Stil

> Die "konservative Erzähltechnik und der flüssige, leicht
> verständliche, aber sehr lebendige und anschauliche Stil
> haben dazu beigetragen, daß der Roman zum Bestseller
> wurde."[10]

Süskinds Roman spielt in der duftenden Welt der Parfumeure und
Parfums und der stinkenden Welt der Stadt und der menschlichen Ausdünstungen. Da die Hauptfigur die Umwelt nahezu ausschließlich olfaktorisch erfaßt und das Handwerk eines Parfumeurs erlernt, liegt es auf der
Hand, daß die dominanten Wortfelder aus den gegensätzlichen Bereichen
Duft und Gestank stammen. Seine besondere Aufmerksamkeit schenkt
der Autor daneben der Darstellung des Parfumeurwesens und der Techniken zur Parfumherstellung im 18.Jahrhundert, wobei er die (damals)
gebräuchlichen Fachtermini verwendet."Der Leser wird mit diesen schnell
fasslichen kleineren Exkursen (...) kulturhistorisch ins Bild gesetzt."[11]

Die Nennnung und Beschreibung diffiziler und differenziertester Düfte
und Duftnuancen[12] erfolgt mit der gleichen Akribie wie die protokollarisch
genaue Schilderung der physikalischen und chemischen Abläufe der
Destillation und enfleurage und die exakte Beschreibung der zur Parfumherstellung notwendigen Gerätschaften. Dabei nimmt der Autor "den
Leser bei der Hand und führt ihn naseweis durch seinen duften Garten der
Gerüche. Autor wie Leser suhlen sich in der dicken Luft der Düfte."[13]
Diese Wirkung erreicht der Autor durch die gezielte Verwendung
augenfälliger stilistischer Mittel.

Zur Beschreibung (und gleichzeitig zur sprachlichen Annäherung an
einen Geruch/Duft) dienen immer wieder **Vergleiche** (der König stinkt wie
ein Raubtier, die Königin wie eine alte Ziege, vergl. S. 6; der Schweiß des

---

10 Norbert Berger, a.a.O., S.59
11 Beatrice von Matt, a.a.O.
12 B.von Matt spricht von einer "schwelgerischen Versammlung exquisiter Bezeichnungen"(a.a.O.).
13 Michael Fischer, a.a.O., S.238

Mädchens aus Paris riecht frisch wie Meerwind, ihr Haar süß wie Nußöl, vergl. S.54).

Um den Lesern die Nuancen eines Duftes sprachlich zu veranschaulichen, verwendet der Autor aber auch **Kontraste**; so ist Pelissiers Parfum "frisch, aber nicht reißerisch" und "blumig, ohne schmalzig zu sein", und es besitzt "Tiefe" und ist doch nicht "schwülstig" (vergl., S. 79)

Bereits im ersten Kapitel des Romans stoßen wir auf das Stilmittel der **Wiederholung**, sowohl als **Parallelismus** (die Wiederholung derselben Satzteilreihenfolge in zwei oder mehreren aufeinanderfolgenden Sätzen) als auch in Form der **Anapher** (Wiederholung desselben Wortes oder derselben Wortgruppe am Anfang mehrerer aufeinanderfolgender Sätze). So wird der gesamte zweite Abschnitt des ersten Kapitels (vergl. S. 5 f.) vom Verb "stinken" regiert, das siebzehnmal verwendet wird. Trotz dieser Massierung von Wiederholungen wirkt die Sprache des Autors "weder hämmernd noch stampfend. (...) Seine Sätze sind niemals schwerfällig, auch wo sie sich zu langen Perioden auswachsen, bleiben sie makellos durchsichtig."[14]

Ein weiteres Stilmittel sind **Aufzählungen** (enumeratio), die sich, sowohl im Bereich der Adjektive als auch der Substantive, zu regelrechten Hyperthrophien auswachsen können. So etwa, wenn Holzarten aufgezählt werden, um zu verdeutlichen, wie differenziert Grenouilles olfaktorisches Erfassen der Wirklichkeit erfolgt (Ahornholz, Eichenholz, Kiefernholz, Ulmenholz etc., vergl. Parfum, S. 33).

Superlative sind ebenfalls ein signifikantes Merkmal des sprachlich-stilistischen Inventars des Autors. Paris ist gekennzeichnet als "allerstinkendster Ort", der Plomb du Cantal als "menschenfernster" Punkt. Paris ist das "größte Geruchsrevier der Welt", doch es treibt Grenouille schließlich zum "Magnetpol der größtmöglichen Einsamkeit".

Marcel Reich-Ranicki nennt den Autor, trotz einiger Kritik an der zweiten Hälfte des Romans, einen "ausgezeichneten Stilisten" und konzidiert Süskind einen "ausgeprägten Sinn für den Rhythmus der Sprache", wobei er zusammenfassend urteilt: "Süskinds Diktion ist geschmeidig und anmutig und dennoch genau: Der verführerische Wohlklang vieler Seiten seines

---

14 Marcel Reich-Ranicki, a.a.O.

Buches geht nicht auf Kosten der Deutlichkeit des Ausdrucks." Süskinds Prosa sei, so Reich-Ranicki, von einer "einnehmende(n) Musikalität."[15]

Mit dieser Kennzeichnung stimmt auch Heinz Dörfler überein, wenn er formuliert: "Süskinds Sprache ist musikalisch, ja teilweise fugenartig angelegt."[16]

Zur Wirkung der Sprache des Romans hat Annette Meyhöfer ausgeführt: "Süskind versteht es, den Leser zu schocken, mit starken Kontrasten, kühl kalkulierten Effekten und Superlativen, die wohl nur noch von denen seiner Kritiker übertroffen werden."[17]

Gerade diese sprachlich-stilistischen Effekte haben dem Autor jedoch auch einige Kritik eingebracht. Beatrice von Matt etwa wirft dem Autor die Verwendung trivialer sprachlicher Elemente vor.[18]

Und Joachim Kaiser sieht gar sprachliche "Banalitäten" und erhebt den Vorwurf, in Süskinds Roman werde "Kunst durch gefährlich viel schick Kunstgewerbliches verdünnt."[19] Doch auch Kaiser kommt nicht umhin, das Geschick des Autors anzuerkennen, die Leser in seinen Bann zu ziehen. Und so nennt er Süskind, wohl nicht zu unrecht, einen "hochbegabten"und "einfallsreichen" Autor.[20]

---

15 ders., ebenda
16 H. Dörfler, a.a.O., S.127; der Vergleich der Sprache Süskinds mit einer Fuge ist durchaus treffend; wird bei einer Fuge ein oder mehrere Themen ,nacheinander einsetzend, durch alle Stimmen geführt, so werden bei Süskind einzelne Begriffe, die Gefühle, Zustände, Gerüche beschreiben, durch Wiederholungen, Steigerungen und Vergleiche in immer neuen Variationen präsentiert und bis zur Übersteigerung getrieben. (vergl. hierzu das anschauliche Beispiel, auf das Dörfler verweist, nämlich die Beschreibung des Pelissierschen Parfums durch Baldini; Parfum, S. 111, 3. Abschnitt).
17 A. Meyhöfer, a.a.O.
18 vergl. B. von Matt, a.a.O.
19 Joachim Kaiser, Viel Flottheit und Phantasie, Süddeutsche Zeitung Nr. 74 v. 28.3.1985, S.5
20 ders. ebenda

2.5. "Das Parfum" und die Ideen der Aufklärung

"Aufklärung ist der Ausgang des Menschen aus seiner
selbstverschuldeten Unmündigkeit. Unmündigkeit ist das
Unvermögen, sich seines Verstandes ohne Leitung eines
anderen zu bedienen. Selbstverschuldet ist diese
Unmündigkeit , wenn die Ursache derselben nicht am Mangel des Verstandes, sondern der Entschließung und des
Mutes liegt, sich seiner ohne Leitung eines andern zu
bedienen.Sapere aude! Habe Mut dich deines eigenen Verstandes zu bedienen! ist also der Wahlspruch der Aufklärung."(Immanuel Kant)[1]

Immanuel Kants berühmte Antwort auf die Frage "Was ist Aufklärung?"
hat einen definitorischen und gleichzeitig einen appellativen Charakter.Kant
fordert seine Leser auf, sich ihres Verstandes zu bedienen und aus dem
Zeitalter der Aufklärung ein aufgeklärtes Zeitalter zu machen. Davon, so
meint Kant, seien er und seine Zeitgenossen aber noch weit entfernt![2]

Die Ideen der Aufklärung kennen keine Ländergrenzen. Bacon, Hobbes,
Locke und Hume in England, Voltaire, Montesquieu und Rousseau in
Frankreich, Spinoza in den Niederlanden, Leibniz, Lessing, Kant in Deutschland - um nur einige bekanntere Repräsentanten dieser frühen "gesamt-
europäischen" Bewegung zu nennen. Der Beginn dieser Epoche, die in
etwa das Jahrhundert zwischen der 'glorious revolution' in England und
der Französischen Revolution einnimmt, liegt in England. Etwas später
entwickelt sich die Bewegung in Frankreich und - mit einer abermaligen
zeitlichen Verzögerung - auch in Deutschland.

In der Aufklärung als der Epoche der Emanzipation des Bürgertums
werden im Bereich der Wissenschaften und der Religion, der Gesellschaft,

---

1 Immanuel Kant, Beantwortung der Frage: Was ist Aufklärung? In: Berlinische Monatsschrift
  Dezember 1784, S.481, zitiert nach: Philosophie der Neuzeit/ Die Aufklärung - Geschichte der
  Philosophie V, Reinbek 1969, S. 246 (Hrsg.: Karl Vorländer)
2 vergl. Kant, a.a.O., S. 250

der Politik und der Wirtschaft alte Strukturen aufgebrochen und durch neue ersetzt, die die Grundlagen heutiger bürgerlicher Gesellschaften bilden.(Mit der Aufklärung beginnt das "Projekt der Moderne".)

Die Ideen der Gewaltenteilung, der Kontrolle der Herrscher durch die Bürger und die Proklamation unveräußerlicher Menschenrechte als Folge der natürlichen Gleichheit und Freiheit der Menschen sind Bestandteil heutiger demokratisch verfaßter Gesellschaften.

Empirische Methoden in den Naturwissenschaften und die Verallgemeinerung der durch Experimente gewonnenen Erkenntnisse sowie ihre technische Anwendung finden ihren Ausdruck in der Formulierung neuer naturwissenschaftlicher Gesetze (etwa durch Newton und Kepler) und in zahlreichen Erfindungen als Grundlage des technisch-wissenschaftlichen Fortschritts (J.Watt).

Ökonomen wie A. Smith formulieren die Leitideen des wirtschaftlichen Liberalismus, Denker wie Kant unterziehen die alten religiösen Vorstellungen und Auffassungen einer Kritik.

Alte gesellschaftliche Institutionen, Auffassungen und Ideen werden im Lichte der Vernunft (als einer zentralen Kategorie der Aufklärung) überprüft. "In der Aufklärung leitet sich jener Säkularisierungsprozeß ein, der den Menschen aus den transzendenten Bindungen löst, die bis dahin auch die freiesten Geister unter den Philosophen zu achten pflegten."[3]

Süskinds Roman führt uns in die Epoche der Aufklärung. Und mit dem (am alten Handwerk orientierten) Parfumeur Baldini, dem wissenschaftsbegeisterten Marquis de la Taillade-Espinasse und dem Patrizier Richis zeigt er uns nicht nur drei Vertreter der französischen Ständegesellschaft des 18. Jahrhunderts , sondern auch drei Modelle des Reagierens auf die Entwicklungen und Herausforderungen der Zeit.[4]

---

3 Karl Vorländer, a.a.O., S. 9
4 Die Bedeutung der drei Figuren für den Roman wird dadurch unterstrichen, daß jede in einem der drei großen Teile des Romans Grenouille als (die anderen in den Teilen auftretenden Figuren dominierender) Mit-Spieler an die Seite gestellt ist und daß alle drei Figuren (mehr oder weniger) ausführlich eingeführt werden (Baldini im 1. Teil in den Kapiteln 9-13, der Marquis im zweiten Teil im 30. Kapitel, Richis im dritten Teil in den Kapiteln 41 und 42). Alle drei Männer verläßt Grenouille am Ende des jeweiligen Romanteils.

2.5.1. Baldini - eine rückwärtsgewandte Kritik an der Aufklärung

Über die neue Zeit, ihre politischen Ideen, wissenschaftlichen Entdek-kungen und sozialen und technischen Neuerungen, erfahren wir am meisten in den Kapiteln, die uns in die Welt des Parfumeurs Baldini ein-führen. Dessen Blick auf die neue Zeit ist aber durch seinen ökonomischen Niedergang bestimmt. Zwar gesteht sich Baldini ein, daß er nie ein großer Parfumeur oder Erfinder von Düften gewesen ist, doch sieht er die Ur-sache für seinen ökonomischen und sozialen Abstieg und den Aufstieg seines Konkurrenten Pelissier in der "hektischen Neuerungssucht", dem "hemmungslosen Tatendrang", der "Experimentiersucht" des neuen Zeit-alters (vergl. Parfum, S. 72).

Den Veränderungen in Handel und Verkehr, Geistesleben, Wissen-schaft und gesellschaftlichem Leben steht Baldini ablehnend gegenüber.

So reagiert er verständnislos auf den Bau neuer Straßen und neuer Brücken, und erst recht kann er nicht begreifen, welchen Nutzen die Entdeckungen und Eroberungen haben sollen, die zur Bildung neuer Kolonialreiche führen (England, Spanien, Holland).

Die Entwicklungen in Handel und Verkehr sind für Baldini einfach nur "Wahnsinn" (Parfum, S. 73).

Baldinis Haltung gegenüber den großen Ideen seiner Zeit ist die der radikalen Negation. Diderot, Rousseau, Voltaire, d'Alembert sind für ihn letztlich nur "aufwieglerische Brüder", die das Geistesleben in Unordnung bringen und in deren Köpfen ein "grenzenloses Chaos" herrscht (Parfum, S. 73 f.).

Auch in den Wissenschaften herrscht nach Baldinis Meinung die reine Unordnung, denn "nichts soll mehr stimmen", alles wird hinterfragt, sogar die Erschaffung der Welt durch Gott (ebenda).

Aber die negativsten Erscheinungen des Zeitgeistes entdeckt Baldini im gesellschaftlichen Leben. Frauen lesen Bücher, in Kaffeehäusern "palavert" man über Kometenbahnen und die Hebelkraft, über Newton und große Expeditionen. Und der König läßt sich obskure Experimente vorführen.

Das Urteil Baldinis über seine Zeit steht fest: "...ein Jahrhundert der Auflösung, (...) der Zersetzung, des geistigen und politischen und religiö-sen Sumpfes (...)." (Parfum, S. 76)

Baldini blickt zurück auf die "guten alten handwerklichen Zeiten" (Parfum, S.71), in denen noch "Charakter, Bildung, Genügsamkeit und der Sinn für zünftische Subordination" zählten. (ebenda).

Dieser romantisierend-verklärende (und verklärte) Rückblick Baldinis ist ja nicht (nur) seinem Unverständnis den neuen Ideen gegenüber geschuldet, sondern v.a. der Tasache, daß ihm die alte Zunftordnung, die sich nun aber aufgelöst hat und durch "frühkapitalistische" Konkurrenz ersetzt worden ist, eine sichere ökonomische Position garantiert und lästige Konkurrenten vom Halse gehalten hat. Zudem ist Baldini nicht mehr in der Lage, auf die wechselnden Moden in der Parfumverwendung zu reagieren (vergl Kap. 11).

Das Hochhalten von Idealen erweist sich spätestens mit dem Auftauchen Grenouilles als (Selbst-) Täuschung, denn nun setzt Baldini das Kopieren von Düften seiner Konkurrenten - allerdings erfolgreicher als vorher! - fort und wird Lieferant auf dem Weltmarkt, dessen Entstehen er so verständnislos kritisiert hat.

Baldini ist ein Kritiker der Aufklärung - aber sein Blick ist rückwärtsgewandt.

2.5.2. Marquis de la Taillade-Espinasse: eine Parodie auf die Aufklärung

Baldini muß resignierend feststellen, daß sogar Adelige zu den Verfassern der Schriften gehören, die das Land in geistige Unruhe versetzen und das Volk zum Aufruhr anstacheln. Ein solcher Aufrührer ist der Marquis de la Taillade-Espinasse zwar nicht, aber er ist ein Mann der Wissenschaft und des Experiments.

Tritt Baldini als reaktionärer Repräsentant des Jahrhunderts auf, rückwärtsgewandt, engstirnig und gleichermaßen bigott, so ist der Marquis, scheinbar weltoffen, gebildet und zukunftsorientiert, sein fortschrittlicher Wiedergänger - allerdings ins Parodistische überzeichnet.

Trotz dieser Unterschiede ergeben sich Gemeinsamkeiten mit Baldini. Auch der Marquis hat schon bessere Tage gesehen; seine obskuren

Versuche zur Züchtung einer "Euterblume" hat er aus Kostengründen einstellen müssen.Und auch der Marquis hat - wie Baldini - sozusagen "einen Riecher" dafür, daß Grenouille ihm nützlich sein kann.

De la Taillade-Espinasse hat sich einen gewissen Ruhm in wissenschaftlichen Kreisen erworben, u.a. mit aberwitzigen ökonomischen Theorien, doch der große Durchbruch ist ihm noch nicht gelungen, weil ihm für seine neusten Forschungen, die Untersuchungen zur Theorie vom "fluidum letale", noch ein schlagkräftiger Beleg fehlt.

In Grenouille glaubt er nun, diesen Beweis endlich gefunden zu haben. Doch Grenouille durchschaut die Unsinnigkeit der Espinasseschen Theoreme (und mit ihm natürlich auch die Leser) und treibt sein Spiel mit dem Marquis.Der wiederum steigert sich immer mehr in den Glauben an die Richtigkeit seiner "Forschungsergebnisse" und schafft es sogar, eine ganze Gelehrtenversammlung dies glauben zu machen.

Auch in der Beziehung zum Marquis setzt Grenouille, wie schon bei Baldini, eine "Krankheit als Waffe" ein. Daß der Marquis ausgerechnet einen vorgetäuschten Schwindelanfall Grenouilles als letzte Bestätigung seiner Theorie auffaßt, zeigt nicht nur, wie naiv de la Taillade-Espinasse ist, sondern erhellt auch, wie geschickt Grenouille dabei ist, Menschen zu manipulieren.

Wie der Marquis von seiner Geistesgröße nun endgültig überzeugt ist, so gelingt es Grenouille ja ebenfalls, durch bewußt inszenierte Fehler bei der Parfumherstellung oder der Abfassung von Formeln, Baldini das Gefühl zu geben, er sei der eigentliche Schöpfer der Duftkreationen.

In einem grotesk-bizarren Schlußbild - die Silhouette des entkleideten und singenden Marquis verflüchtigt sich bei eisiger Kälte im winterlichen Schneesturm, und seine "Jünger" (!!) warten am "Heiligen Abend"(!!) vergebens auf die Wiederkehr (!!) des Marquis - wird uns die "Wissenschaft" des Marquis als das gezeigt, was sie ist: eine Hanswurstiade - eine Parodie auf naturwissenschaftliches Experimentieren und empirisches Forschen.

Sieht man den Marquis als Repräsentanten des aufziehenden wissenschaftlichen Zeitalters, so ist man fast geneigt, mit dem Skeptizismus Baldinis zu sympathisieren.

2.5.3. Richis - der Bürger als tragische Figur

Antoine Richis ist die Verkörperung der neuen Patrizierschicht, des reichen Handels- und Kaufmanns-Bürgertums. Er ist gesellschaftlich und politisch aktiv und ein überaus erfolgreicher Geschäftsmann, dessen Besitz sowohl Grund und Boden, also die Grundlage des Reichtums der alten Adelsschicht und des Klerus, als auch Anteile an Schiffen und Handelskompanien umfaßt. Somit ist er auch im Bereich der neuen (bürgerlichen) Wirtschaftszweige tätig.

Im Unterschied zu Baldini und Taillade-Espinasse ist die gesellschaftliche Stellung Richis' in ihrem Zenit, als Grenouille in sein Leben tritt (und Richis' Ziel, durch die Verheiratung seiner Tochter mit dem Baron von Bouyon eine Dynastie zu gründen) zerstört.

Im Unterschied zu Baldini und dem Marquis verfügt der Bürger Richis auch über einen wachen Geist und eine gehörige Portion gesunden Menschenverstandes. Er hat den Mut, um es mit Kant zu sagen, sich seines eigenen Verstandes zu bedienen, und glaubt deshalb nicht daran, daß der Mörder Grasse verlassen hat, als nach einem Bittgottesdienst die Mordserie zunächst ein Ende hat.

Richis entwickelt einen - aus seiner Sicht - raffinierten Plan, um seine Tochter in Sicherheit zu bringen, und spielt damit Grenouille - tragische Ironie! - erst recht in die Hände, denn in das Gasthauszimmer, in dem Richis seine Tochter unterbringt, kann Grenouille leichter einsteigen, als er es in das gut gesicherte Haus Richis' hätte tun können.

Auch Richis ist nicht als gleichwärtiger Gegner Grenouilles angelegt, aber immerhin (zunächst) ein Mitspieler von gewissem Format. Völlig zurecht nimmt Richis ja an, daß eine verheiratete, deflorierte und vielleicht sogar schon geschwängerte Frau dem Mörder nicht mehr von Nutzen sein würde (vergl. Parfum, S. 265 f.).

Doch seine geistigen Fähigkeiten verhalten sich zu Grenouilles Genialität in etwa so wie der Alltagsverstand Dr. Watsons zur brillanten Analysefähigkeit von Sherlock Holmes.

Und des Erzählers wohlmeinende Äußerungen über Richis' Gedanken und Pläne erweisen sich auf dem Hintergrund des Fortgangs der Ge-

schichte, Richis' Bitte, Grenouille möge sein Sohn werden, als purer Hohn.
Was zunächst mit einem leichten Unterton melancholischer Ironie daherkommt, erweist sich als bitterer Spott. Hier wird die Tragödie eines Bürgers
geschildert - aber eines Bürgers, der der Lächerlichkeit preisgegeben wird.

Der Versuch Richis', seinen Verstand zu gebrauchen, endet in einem
Desaster. Die Vernunft muß kapitulieren, denn die Verführungskraft des
Parfums ist übermächtig.

2.5.4. Die gescheiterte Aufklärung

Die Ideen der Aufklärung, so scheinen es die Schicksale von Baldini,
Taillade-Espinasse und Richis nahezulegen, sind zum Scheitern verurteilt. Die Aufklärung hat das autonome Subjekt auf den Schild gehoben, die
Vernunft zur Richtschnur aller gesellschaftlicher Entwicklung gemacht
und Gott vom Thron gestürzt.

Aber angesichts des Auftauchens des Parfum-Gottes Grenouille erweisen sich die Menschen als von niederen Motiven (Geldgier bei Baldini,
Ruhmsucht bei de la Taillade-Espinasse) geleitet, ihren Instinkten ausge-
liefert (die Massenkopulation bei der geplanten Hinrichtung Grenouilles)
und leicht zu täuschen (auch Richis läßt sich von Grenouille blenden und
erliegt, unter Ausschaltung jeglicher Vernunft, der Verführungskraft des
Parfums). Oder, um es mit Judith Ryan zu sagen: die "Darstellung des
Subjekts im 'Parfum' (wird) weitgehend durch post-aufklärerische, um
nicht zu sagen antiaufklärerische Intertexte bedingt."[5]

Die Philosophie (des mit der Aufklärung einsetzenden Zeitalters) scheint
an ihr Ende gelangt zu sein, die Autonomie des Subjekts erweist sich als
Chimäre, Normen und Werte werden relativiert (ein Mörder wird vergöttert!),
die großen Ideen sind untaugliche Konzepte. Diese Konsequenzen aus
der Aufarbeitung der Epoche der Aufklärung in Süskinds Roman haben
manche Irritationen ausgelöst.

---

5 Judith Ryan, Pastiche und Postmoderne. Patrick Süskinds Roman "Das Parfum". In: Paul
   Michael Lützeler (Hrsg.), Spätmoderne und Postmoderne. Beiträge zur deutschsprachigen
   Gegenwartsliteratur, Frankfurt 1991, S. 98 (Pastiche: stilistische Nachahmung eines anderen
   Autors)

So schreibt Beatrice von Matt: "Wohl ist einem nicht bei dem Gedanken, die Veranstaltungen und Tagträume des machtbesessenen Monsters und Verführers könnten die erwartete faszinierte Zustimmung finden. Die gelegentlich eingestreute Behauptung des Verfassers, sein Held sei ein Scheusal, genügt nicht zur kritischen Distanznahme. Eine korrigierende Gegeninstanz läßt der Roman völlig vermissen (...)."[6]

Genau darin aber, in der fehlenden Gegeninstanz, die ja nur eine vernunftgeleitete sein könnte, sieht W. Schütte einen Vorzug: "Es macht schon einigen Sinn, daß Süskind sein ressentimentgeladenes Genie, seinen menschenfremden Spezialisten der Sensualität, der Analyse, der Abstraktion und der Synthese in die Zeit der d'Alamberts, Holbachs, Voltaires und Rousseaus versetzt: als **dunkler Schatten der Aufklärung**."[7]

2.6. Das Parfum

Schon Titel und Untertitel des Romans lösen durch die Koppelung der Begriffe "Parfum" und "Mörder" und die mit ihnen verbundenen Konnotationen Verblüffung aus. Verweist das Wort "Parfum" auf die Sphäre des Ästhetischen, des Schönen, des Hellen und der Erotik, so assoziieren wir mit dem Wort "Mörder" das Böse, das Häßliche, das Dunkle und die Destruktion.

Komplettiert wird dieses Spiel mit Assoziationen durch die optischen Signale, die das Umschlagmotiv, der Ausschnitt aus Watteaus Bild, aussendet. Der wohl mit Bedacht gewählte Bildausschnitt evoziert Emotionen, die insofern an den Begriff "Parfum" anknüpfen, als eine Verbindung zur Sphäre der Schönheit, der Erotik, der Verheißung hergestellt wird. Gleichzeitig werden diese Emotionen (durch die Koppelung mit dem Wort "Mörder" aus dem Untertitel) aber wieder bedroht.

Der titelgebende Zentralbegriff (Parfum) eröffnet also einen Auslegungsspielraum und verweist auf verschiedene Referenzebenen.

Er hat einen hohen Symbolgehalt und ist auf unterschiedlichen Ebenen (in unterschiedlichen Kontexten) dekodierbar.

6 B.von Matt, a.a.O.
7 W. Schütte, a.a.O.(Hervorhebung durch den Autor)

2.6.1. Das Parfum - der historisch kulturelle Kontext

> "Der Geruch vermittelt uns ein innigeres Gefühl, einen
> unmittelbareren, vom Geist unabhängigeren Genuß als
> der Gesichtssinn."[8]

Die Hauptfigur des Romans erlernt den Beruf des Parfumeurs und schließt die Ausbildung mit dem Gesellenbrief ab.[9] Bedeutende Abschnitte des Lebens der Hauptfigur spielen in der Welt der Parfumeure und der Parfumherstellung. Diese Welt wird uns im Roman recht ausführlich und oftmals mit Liebe zum Detail vorgeführt.

Das geschieht mit gutem Grund, denn in der Zeit, in der der Roman spielt, gewinnt das Parfumeurhandwerk an gesellschaftlicher Bedeutung und werden Herstellung und Vertrieb von Parfumerieartikeln zu einem rasch expandierenden Wirtschaftszweig.[10]

Diese Entwicklung ist vor allem einer gewachsenen Empfindlichkeit gegenüber Gerüchen und einer sinkenden Toleranz gegenüber (als unangenehm empfundenen) Ausdünstungen geschuldet.

Es entwickeln sich neue Wissenschaftszweige, z.B. die Osmologie (Lehre von den Riechstoffen) und die Osphresiologie (Lehre von den Gerüchen). Hintergrund dieser intensiven Beschäftigung mit dem Geruch ist die Lehre von den Miasmen, den fauligen und krank machenden Dämpfen, die in den Körper eindringen und ihn verseuchen. Als Indikator für diese Miasmen wird der üble Geruch angesehen. Gestank und Krankheit werden gleichgesetzt. Neben dem (sinnvollen) Kampf der Hygieniker, der schließlich zur Errichtung von Sickergruben und Kanalisationen, orga-

---

8 Saint-Lambert, Les saisons, zitiert in A.Corbin, a.a.O., S. 115; zu den Informationen im folgenden Abschnitt vergl. neben Corbin auch Ursula O'Malley, Geruch ist Gefühlssache. Der Geruchssinn in der historischen Dimension. In: Geschichte lernen, 15/1990, S. 24-30, und Jürgen Augstein, Liebe geht durch die Nase. In: AKKU 4 v. 24.10.1989, S. 8-11

9 "Gewerbliche Parfumeure gab es in Frankreich bereits seit dem zwölften Jahrhundert. (...) Um zum Meisterparfumeur gewählt zu werden, war es (im 18.Jahrhundert)erforderlich, vier Jahre als Lehrling und drei als Geselle zu dienen, was zeigt, daß man es als nicht unbedeutendes Handwerk erachtete." (E.Rimmel, a.a.O., S.230)

10 Mitte des 19. Jahrhunderts gibt es in Paris bereits einhunhundertzwanzig Parfumeure, deren Einnahmen auf vierzig Millionen Francs jährlich geschätzt werden. (vergl. E. Rimmel, a.a.O., S. 273)

nisierter Straßenreinigung und geregelter Abfallbeseitigung führt, beginnt auch der Kampf der Hysteriker, der sich gegen den Körpergeruch wendet, weil auch in ihm Quellen der Verderbnis und der Krankheit gesehen werden. Der Gestank der fäkalienverseuchten Straßen und der Verwesungsgeruch der Gassen wird ebenso parfümiert wie der Geruch des menschlichen Körpers. Mit dem Gestank sollten auch die Ursachen für Krankheiten, die man dem üblen Geruch zuschrieb, verschwinden. Der Siegeszug des Parfums beginnt.

Als Pasteur die Bedeutung der ansteckenden Keime entdeckt und damit den Geruch als Ursache allen Übels entlastet, hat sich das Parfum längst etabliert. Die Bedeutung des Geruchs hat sich nämlich mittlerweile verkehrt. Bedeutet er zunächst Krankheit und Verderbnis, wird der Geruch (von Parfums) nun mit positiven Attributen besetzt; wieder (oder immer noch) hat der Geruch Symbolcharakter, nur die Bedeutung hat sich verändert. Verweist der menschliche Eigengeruch nun ins Animalische, steht der (künstliche) Geruch der Parfums für Schönheit und Verfeinerung und - das ist die Parallelentwicklung - der (antiseptische) Geruch der Hygieneartikel und Putzmittel für Sauberkeit, Frische und Keimfreiheit.

Der (Körper-) Geruch ist/wird (am Ausgang des 18. Jahrhunderts) zu einer sozialen Kategorie - er wird den unteren/niederen Ständen zugeordnet. Die Duftnote der Parfumierung des Körpers ist ebenfalls sozial bestimmt. So wendet sich der Adel am Vorabend der Revolution in Frankreich immer mehr von den süßlich-schweren (animalischen) Gerüchen ab und bevorzugt blumig-fruchtige Düfte, wogegen die Revolutionäre gerade eine animalische Duftnote auftragen.[11]

Eine besondere Bedeutung bekommt das Parfum im Zusammenhang mit Erotik und Liebe. Hier wird dem Parfum - und damit dem Träger/der Trägerin - geradezu Verführungskraft zugesprochen, die in der Namensgebung der Produkte und den Attributen, wie sie uns in der Parfumreklame begegnen, zum Ausdruck kommen. "Magie Noire" ist ein "Duft, der Sie verzaubert", das Parfum "Salvatore Dali" ist "männlich und mysteriös

---

11 Eine gewisse Parallele ist in der Vorliebe der jüngeren Generation gegen Ende der 60er Jahre (Hippies) für "schwere" orientalische Düfte (Sandelholz, Pacculi, Moschus) zu sehen, wogegen die damalige Elterngeneration eher "leichte" Duftnoten bevorzugt.

diskret", "joop!" birgt die "geheimnisvolle Sprache der Düfte, der Sinnlichkeit, des Unfaßbaren", "G. Man" schenkt seinem Träger "Sicherheit und
Wohlbefinden", und "Etruscan" verheißt uns "Temperament und Vitalität".
Und welcher Art die "Obsession" der Träger des gleichnamigen Parfums
ist, vermitteln uns der Mann und die Frau in den Abbildungen der Anzei-
genserie in unbekleideter Offenheit.[12]

"Der spezifische Geruch des Menschen wird immer stärker als negativer
Gesellschaftsfaktor angesehen. Man darf weder nach Schweiß noch nach
anderen Ausdünstungen riechen (...). Der menschliche Eigengeruch ist
neutralisiert. An seine Stelle ist das Parfum getreten."[13]

Der Geruch wird zum Träger sozialer Eigenschaften. Ist er negativ definiert, als Gestank/Körpergeruch, dient er, wie z.B. in bestimmten rassisti-
schen Witzen, zur sozialen Ausgrenzung und Diskriminierung. Ist er posi-
tiv besetzt, als Duft eines Parfums, verleiht er seinem Träger die Aura einer
begehrenswerten Persönlichkeit mit erotischer Ausstrahlungskraft.

2.6.2. Das Parfum - der Kontext im Roman

"Männer und Frauen des Abendlandes legen ein zunehmendes Geschick an den Tag, die neuerdings als lästig und zudringlich empfundenen
Körpergerüche zu verschleiern. Auf diese Weise wird die sexuelle Rolle
des Geruchssinns geleugnet (...). Nie hatte sich in der Geschichte der
sexuellen Anziehung eine so entscheidende Revolution ereignet."[14]

Im Zusammenhang mit dem Roman und der Entwicklung der Hauptfigur
kommt dem "Parfum" mehrfache Bedeutung zu. Zunächst einmal ist das
Parfum für den Gesellen Grenouille das "Meisterstück". Mit seinem Parfum
dokumentiert er, daß er sein Handwerk gelernt hat, wenn auch die "Prü-
fung" nicht nach den Regeln der Parfumeurzunft durchgeführt wird, sondern eher nach den Regeln der Hexenkunst.

Gleichzeitig ist das Parfum für Grenouille der entscheidende Lebensin-

---

12 Artikelnamen und Texte sind einem Werbefaltblatt der Parfumerie-Kette "Douglas" entnommen.
13 U.O'Malley, a.a.O., S. 26
14 A.Corbin, a.a.O., S. 104

halt überhaupt. Mit Hilfe des Parfums, so glaubt er ja, kann er sein Defizit, den fehlenden Eigengeruch, ausgleichen.

Grenouille handelt somit ganz im Sinne der Erkenntnis, daß "von allen Sinnen (...) der Geruchssinn am stärksten dazu begabt (ist), den Menschen die Existenz eines Ich empfinden zu lassen(...).["15]

Die geruchliche Basis dieses Ich jedoch, die Grenouille während seines Aufenthaltes in Montpellier herstellt, ist "grauenvoll", stinkt "kloakenhaft, verwesend" und muß deshalb durch ein "Bouquet von feinen Blütenölen" kaschiert werden (Parfum, S. 192). Der Mensch - ein Stinker, lautet der philosophische Nebenaspekt des Grenouillschen Schöpfungsaktes.

Zudem, das merkt Grenouille bei der Anwendung der verschiedenen Flairs, die er für sich kreiert hat, ist er in der Lage, mit Hilfe des Parfums Menschen zu beeinflussen, zu steuern, ja sogar zu beherrschen. Dies hat etwas mit der Besonderheit des menschlichen Geruchsvermögens zu tun, denn was "wir riechen, fühlen wir gleichzeitig, ohne Verzögerung.["16] Oder, um noch einmal Alain Corbin zu Wort kommen zu lassen: "Der Geruchssinn erregt die empfindsame Seele, die sich den ihr angetragenen Gefühlen nicht entziehen kann, gerade wegen der Flüchtigkeit seiner Eindrücke (...).["17]

Genau diese Eigenschaft des Geruchssinns weiß Grenouille (aus-) zu nutzen. Seine essence absolue zielt nämlich ohne Umwege auf das "erotische Zentrum" der Menschen, macht sie zu einer sich in "orgiastischen und orgastischen Verzückungen" ächzenden Masse, zu "zehntausend Menschentieren", von "nackter Begehrlichkeit erfüllt" (vergl. Das Parfum, S. 299-307)

Das Parfum ruft also die animalische, die triebhafte Seite in den Menschen hervor. Dank seines "himmlisch-höllischen Parfums" wird Grenouille zum "Duft-Messias",[18] der die Massen in Ekstase versetzt und sie zu seinen Untertanen macht. Das Parfum steht also auch für die Kraft der Verführung und ist ein Mittel zur Macht.

---

15 A. Corbin, a.a.O., S.115
16 J. Augstein, a.a.O., S.9
17 A.Corbin, a.a.O., S.115
18 Niels Höpfner, a.a.O.

Somit wird eine weitere Bedeutungsebene des Parfums erkennbar, die die Frage aufwirft: "(...) soll oder muß der Roman hier als politische Parabel gelesen werden?"[19]

2.6.3. Das Parfum - der politische Kontext

Wir haben im Zusammenhang mit dem Schicksal der Figuren Baldini, de la Taillade-Espinasse und Richis darauf hingewiesen, daß mit dem Scheitern ihrer Pläne auch die Idee des "autonomen Subjekts" und der Aufklärung und ihrer Ideale (Vernunftorientierung) gescheitert ist.

Am Tag der Hinrichtung Grenouilles wird deutlich, daß Grenouille durch sein Parfum in die Lage versetzt ist, Menschenmassen ihres Verstandes zu berauben.Kaum steigt Grenouille aus der Kutsche, ist die Ratio der Zehntausenden auf dem Platz ausgeschaltet, denn der Mann, für dessen Schuld es doch untrügliche Beweise gibt, kann "**unmöglich ein Mörder**" sein (Parfum, S. 299, Hervorhebung im Original).

Die Menschen werden "schwach wie kleine Mädchen, die dem Charme ihres Liebhabers erliegen", alles "Widerständliche in ihnen " wird "wunderbar zersetzt", sie bestehen nur noch aus "amorpher Flüssigkeit."(Parfum, S. 300) "Grenouille, überführt und zum Tode verurteilt, betört dank seines Parfums die Rationalen, bringt sie um ihre Besinnung und Gesinnung. Da gleicht er einem Gott, der Wächter blendet und Gefängnismauern bricht, oder einem Rattenfänger, einem massenhypnotisch befähigten (Duft)-Zauberer."[20]

Dieses massenhypnotische Außerkraftsetzen des Verstandes mündet in der Aufhebung sämtlicher sittlicher und moralischer Schranken und entäußert sich im großen "Bacchanal".

Für Karl-Heinz Götze ist diese Szene nicht nur mit Elementen aus "einem elementaren Volksfest, vom Karneval, von Massenorgien, von Befreiung" ausgestattet, sondern zeigt auch einen "Hauch faschistischen Massen wahns und faschistischer Massenmanipulation."[21]

---

19 ders., ebenda
20 Joachim Kaiser, a.a.O.
21 Karl-Heinz Götze, a.a.O., S.2

Auf diese politische Dekodierungsebene des Textes hat als einer der ersten (und übrigens auch recht wenigen Rezensenten) Marcel Reich-Ranicki hingewiesen. Er sieht in der Hinrichtungsszene und ihrem Umschlag in die Massenorgie eine "Apotheose von mythologischem Rang (...), eine grandiose Darstellung des Massenwahns, der Verführbarkeit der Menschen; genauer: der kaum zu begreifenden Wirkung eines widerlichen und verabscheuungswürdigen Verbrechers auf ein zivilisiertes Volk inmitten Europas." Und Reich-Ranicki schließt die Frage an:"Muß man sagen, welches Ungeheuer Patrick Süskind meint, auf welches Volk sein Gleichnis vor allem abzielt?"[22]

So erstaunlich diese Thesen denjenigen vielleicht zunächst erscheinen muß, die den Roman - was er ja auch ist - "nur" als gute Unterhaltungsliteratur ansehen, so einleuchtend erscheint sie im Zusammenhang mit einigen textlichen und außertextlichen Bezügen.

Süskind, von Hause aus Historiker und durch die wissenschaftliche Arbeit seines Vaters mit der Verführungskraft des (faschistischen) Sprachgebrauchs vertraut, hat diese Ebene des Textes wohl selbst im Sinn gehabt.[23]

Schon die (ironische) Spielerei im Zusammenhang mit Grenouilles Wunsch, "größter Parfumeur aller Zeiten" zu werden, kann als Anhaltspunkt für diese Interpretationsebene verstanden werden. Auch das deutlich werdende Scheitern der Ideale der Aufklärung legt diese Interpretation nahe, versagt doch - in der deutschen Geschichte ebenso wie im Roman - die Vernunft angesichts der Verführungskraft und Manipulationsstrategien.

Entscheidend ist aber für diese Interpretation die Gestaltung des Umgangs der an der Massenorgie beteiligten Personen mit ihrem Tun. Blendet man bei der Lektüre des entsprechenden Abschnitts den konkreten textlichen Bezug des Romans, die Orgie, aus und ersetzt ihn durch den historischen Kontext der jüngeren deutschen Vergangenheit, so ergeben

---

22 M. Reich-Ranicki, a.a.O.
23 Diese Auffasung stützt sich auf ein Interview, auf das Ulrich Pokern verweist (U.Pokern, Der Kritiker als Zirku(lation)sagent. Literaturkritik am Beispiel von Patrick Süskinds "Das Parfum. Die Geschichte eines Mörders". In: text und kritik 100,München 1988, S.75;leider gibt Pokern die Quelle nicht genau an, sondern verweist nur auf "eine New Yorker Zeitung".

sich verblüffende (und zugleich erschreckende) Parallelen mit der Verdrängung des faschistischen Erbes durch große Teile der Kriegsgeneration: "Vielen erschien dieses Erlebnis so grauenvoll, so vollständig unerklärlich und unvereinbar mit ihren eigentlichen moralischen Vorstellungen, daß sie es buchstäblich im Augenblick seines Stattfindens aus ihrem Gedächtnis löschten und sich infolgedessen auch später wahrhaftig nicht mehr daran zurückerinnern konnten. Andere, die ihren Wahrnehmungsapparat nicht so souverän beherrschten, versuchten, wegzuschauen und wegzuhören und wegzudenken - was nicht ganz einfach war, denn die Schande war zu offensichtlich und zu allgemein." (Das Parfum, S. 312).

Erweist sich also als politische Parabel, was als virtuoses erzählerisches Kabinettstückchen von hohem Unterhaltungswert daherkommt? Und wird dann der Roman dem parabolisch verfremdeten Thema, der gleichnishaften Darstellung von Masse und Macht im "3. Reich", überhaupt gerecht? Oder wirkt "dieses Spiel der Parabeln und Assoziationen (...) wie eine angetragene Facette, wie ein kalkuliertes Kunststück für literaturkritische Geister?"[24]

Und muß dann nicht auch die Frage gestellt werden, "ob das Buch eine solche Interpretation überhaupt auszuhalten vermag, ohne daß man ihm (gemeint ist Süskind, B.M.) dann einen ungewöhnlich brutalen Zynismus bescheinigen müßte."[25]

Vielleicht ist das, was Pokern als (möglichen) Zynismus des Autors interpretiert, nichts anderes als die durch den Autor gewollte Irritation des Lesers. Dem Autor gelingt es aufgrund seiner Erzählkunst, seine Leserschaft geistig so einzuwickeln, wie Grenouille seine 25 Mädchen in Grasse in seine Fettfrottagen einwickelt, um ihnen den Duft zu rauben. Der Autor führt demnach die Verführungskraft der Worte vor wie sein Protagonist die Verführungskraft seines Parfums demonstriert.

Diese Überlegung mag verunsichern. Es wäre dann aber (hoffentlich) eine heilsame Verunsicherung. Das Lesevergnügen ist dadurch nicht ausgeschlossen. Denn es ist sicherlich ein Qualitätsbeweis für diesen Roman

---

24 Eckhard Franke, a.a.O., S. 4
25 U. Pokern, a.a.O., S. 75 f.

Süskinds, daß er unterschiedliche Interpretationsansätze durchaus zuläßt: "Der eine mag Patrick Süskinds Roman 'Das Parfum', die Geschichte des größten Parfumeurs aller Zeiten, als eine Anspielung auf jenen politischen Verführer lesen, der sich als den größten Feldherrn aller Zeiten preisen ließ, als eine Allegorie auf jenen Massenwahn, der sich auf Blutopfer gründet; ein anderer wird ihn als phantasievolle und spannende Unterhaltung gelten lassen. Auf ihre Kosten kommen sie beide."[26]

---

26 J.P. Wallmann, a.a.O.

2.7. Wort- und Sacherklärungen

Adjektivhypertrophie	übermäßige Häufung von Adjektiven;
Akribie	höchste Genauigkeit
Allegorie	Sinnbild; bildhaft belebte Darstellung eines abstrakten Begriffs
anachronistisch	veraltet, durch die (Zeit-) Entwicklung überholt
Antinomie	Widerspruch eines Satzes in sich oder zweier Sätze, von denen jeder für sich Gültigkeit hat
apodiktisch	unwiderleglich, keinen Widerspruch duldend
Apotheose	Erhebung eines Menschen zum Gott
archaisch	altertümlich, frühzeitlich
Askese	strenge Enthaltsamkeit; Selbstüberwindung
Ästhetizismus	Lebensanschauung, die ganz auf ein ästhetisches Erleben ausgerichtet ist; Lehre von der Selbstgenügsamkeit der Kunst
Atavismus	Rückverweis auf die Urahnen
Avantgarde	Vorhut; extrem experimentierfreudige Richtung in Kunst und Literatur;
Blasphemie	Gotteslästerung
Chimäre	Trugbild, Illusion
Dekodierung	Entschlüsselung
Diktion	besondere Ausdrucksweise, Stil
emphatisch	mit besonderem Nachdruck
enfleurage	Übertragung von Aromastoffen (Duftstoffen) auf eine Fett- oder Ölbasis
essence absolue	konzentrierter Rohstoff für Blütenöle
evozieren	das Erwecken von Vorstellungen, das Hervorrufen eines Eindrucks
Genealogie	Stammbaumforschung

grand-guignolesk	Guignol: franz.=Hanswurst; Grand-Guignol: Handpuppen-Kasperlespiel; aggressiv-satirisch, schauerlich-gruselig
ikonographisch	den Sinngehalt von Attributen und Symbolen (in der Malkunst) betreffend
Inkubation	das sich Festsetzen von Krankheitserregern; auch Tempelschlaf in der Antike, um die Belehrung durch einen Gott zu erwarten
Konnotation	assoziative Nebenbedeutung
Kontrafraktur	Nachdichtung, Parodie
Kumulation	Anhäufung
Libido	Begierde; Geschlechtstrieb
monadisch	Monade: letzte, in sich geschlossene Ureinheit
Monomanie	Besessenheit von einer einzigen Idee
Ontologie	Lehre von den allgemeinen Seinsbegriffen
Präzeptor	Lehrer, Erzieher
Ratio	Vernunft, Verstand
polemisch	streitbar
Ressentiment	Haß, Neid, Rachsucht
Rezension	(kritische) Besprechung eines Kunstwerks, eines literarischen Werks etc.
Surrogat	Ersatz, Ersatzmittel
stream of consciousness	Technik der Darstellung der Gedanken und Gefühle der Figuren, wobei syntaktische Strukturen gesprengt werden können
virtuos	meisterhaft, vollkommen

***

Zeck:

Wegen der besonderen Bedeutung des Bildes vom Zeck für die Charakterisierung der Hauptfigur (siehe Teil 2.3.2.) geben wir hier eine etwas ausführlichere Wort- und Sacherklärung:

Zecken: gehören zur Familie der Milben (Parasiten); sie schlüpfen am Boden als Larven und müssen auf einen Wirt warten, dessen Blut sie brauchen, um sich zu einer Nymphe weiterentwickeln zu können. Die Weibchen müssen noch einmal Blut saugen, um ihre Eier reifen zu lassen. Zecken warten auf einem Baum oder Gräsern auf einen geeigneten Wirt, wobei sie lange hungern können (Larve und Nymphe bis zu eineinhalb Jahren, Weibchen sogar über zwei Jahre).

Zecken sind augenlose Tiere mit feinem Geruchssinn, der sie leitet. Aufgrund der Wahrnehmung eines Menschen oder eines Tieres, lassen sie sich auf ihr Opfer fallen und "bohren" sich in seine Haut. Zecken sind Überträger von Krankheiten, z.B. der Frühsommer-Meningoenzephalitis (Hirnhautentzündung, durch Viren hervorgerufen) und der Lyme-Borreliose (Übertragung eines Bakteriums).

Zecken besitzen eine feste, lederartige Chitinhaut, die ihnen großen Schutz garantiert.

3. Aspekte zur Diskussion

Süskinds vielschichtiger Roman weist verschiedene thematische Bezüge auf, von denen wir einige Aspekte im Analyseteil behandelt haben. Die folgenden Materialien sollen die vorangegangenen Überlegungen vertiefen bzw. um neue Gesichtspunkte erweitern helfen.

3.1. Religion und Ethik

Heinz Dörfler widmet in seiner Untersuchung des Romans den darin zum Tragen kommenden religiösen Aspekten Aufmerksamkeit. Er geht dabei von der Funktion aus, die das Parfum für Grenouille hat:

"Das Parfum soll Grenouille zu seiner menschlichen Individualität verhelfen, zu dem Geruch und Identität gehören. Grenouille beschreitet diesen Weg zum 'Menschsein' äußerlich und innerlich. Der siebenjährige Aufenthalt in einer Höhle des Plomb du Cantal stellt eine Art Inkubationszeit Grenouilles dar, vergleichbar (als Gegenentwurf) mit Jesu Aufenthalt in der Wüste und der Versuchung Jesu durch den Satan. Grenouille gelingt es aber nicht, sein Wesen auf einen 'Nenner' zu bringen, da ihm ein personaler Kern fehlt (...) Daher wird Grenouille vom Trieb, von Ahnungen und Stimmungen außengesteuert; eine Integration gelingt nicht.

Grenouille ist ein Schöpfer in seinem Reich; säkularisiert formuliert: Ein Künstler gestaltet aus seinem Inneren eine eigene Welt: 'Dies war sein Reich'. 'Von ihm, dem einzigartigen Grenouille erschaffen und beherrscht, von ihm verwüstet, wann es ihm gefiel, und wieder aufgerichtet, von ihm ins Unermeßliche erweitert und mit dem Flammenschwert verteidigt gegen jeden Eindringling'. Die Vertreibung aus dem Paradies wird hier umgekehrt. Grenouille befindet sich im Paradies, sät Samen und wirkt als Gärtner. Die Anspielung auf den Schöpfungsauftrag des Menschen ist nicht zu übersehen. Der Garten Eden ist seine Umwelt. (...) Dennoch macht das 'Doppelamt des Rächers und Weltenerzeugers' ihn müde. Grenouille sehnt sich nach 'häuslichen Freuden', das heißt wohl nach Menschen, nach Partnern.

Der Schluß des Romans läßt sich mit der Entäußerung Jesu Christi in Beziehung setzen. Der Kannibalismus der Kretins erinnert an ein atavistisches Kultmahl oder an eine Kontrafraktur des letzten Mahles Jesu mit seinen Jüngern. Die Massensuggestion weist auch auf einen religiösen Hintergrund hin (siehe Wunderberichte in den Religionen). Manifest ist der religiöse Bezug in einem latenten Engels- bzw. Reliquienkult. Vieles deutet darauf hin, daß der (allerdings bewußt in Kauf genommene) Opfertod einen Gegenentwurft zum Opfertod Christi darstellt, allerdings ohne Transzendenz.

Von Grenouille wird gesagt, daß er sich von Hunderttausenden umjubeln lassen, in Versailles vom König die Füße küssen lassen, dem Papst parfumierte Briefe schreiben, sich als neuer Messias offenbaren und sich in Notre Dame zum Oberkaiser, ja als Gott salben lassen könnte.

Diese Omnipotenzvorstellungen scheitern durch Grenouilles Selbsterkenntnis, daß die Menschen glaubten, ihn zu begehren. Was sie wirklich begehrten, blieb ihnen ein Geheimnis. '... Zugleich bin ich der einzige, den es (das Parfum) nicht bezaubern kann. Ich bin der einzige, für den es sinnlos ist'.

Grenouille kann sich nicht selbst erlösen.Daran scheitert er. Die in ihm angelegte Antinomie ist auch für ihn selbst unüberwindbar."

*** *** ***

Auch ethische Bezüge sieht Dörfler in Süskinds "Parfum". Neben Einflüssen des französischen Existenzialismus, v.a. Camus, gilt Michel Foucault als ein Vertreter der sog. "Neuen Philosophie" in Frankreich, der das Denken Süskinds geprägt hat. Über Foucault und seine Bedeutung für Süskinds Roman schreibt Dörfler:

"Als Ethik begreift Foucault die Praktizierung der Freiheit, die Nietzsches 'Genealogie' voraussetzt. Die Praktizierung der Sorge um sich bleibt nicht auf das Subjekt zentriert. So hat die Sorge um sich als die Kunst, seine Freiheit in der richtigen Weise zu gebrauchen, gleichsam zwei Seiten: im Politischen lehrt sie, sich und andere zu regieren; im Ästhetischen, 'seinem Leben eine schöne Form zu geben'. Letzterer Aspekt kommt vor allem in Süskinds Roman zum Tragen. Nach Foucault ist das Selbst nicht gegegeben, 'sondern muß erst hergestellt werden' - dies ist gewissermaßen die artistische und pragmatische Komponente der Sorge um sich selbst als 'Ästhetik der Existenz'; 'ästhetische Arbeit am Ethos' bedeutet, seiner 'Existenz einen Stil zu geben'. Die Mittel und Wege dieser Arbeit bezeichnet Foucault als 'Selbsttechniken'. Es sind Techniken, die es Individuen gestatten, 'an ihnen selbst, an ihren eigenen Körpern und Seelen, an ihrer Lebensführung, Operationen vorzunehmen, um sich selber umzuformen und einen Zustand größeren Glücks und größerer Vollkommenheit zu erreichen.'

Dies alles stellt eine Praxis des Einwirkens auf sich dar, der Herstellung eines besseren und schöneren Selbst. So ist auch die Askese eine Praxis der Wahrheit (...). 'Die Ethik der Sorge um sich hat es mit der Endlichkeit der Subjekte und deren Verhältnis zu ihrem Tod zu tun.' Sie behandelt dieses Verhältnis jedoch nicht als fundamental ontologische Struktur, sondern als praktisches Problem, das u.a. mit ästhetischen Selbsttechniken anzugehen ist.

Denkt man an das Ende Grenouilles, so wird die Warnung Foucaults verständlich, mit der er sein Buch 'Archäologie des Wissens' beschließt: 'Es kann durchaus sein, daß ihr Gott unter dem Gewicht all dessen, was ihr gesagt habt, getötet habt. Denkt aber nicht, daß ihr aus all dem, was ihr sagt, einen Menschen macht, der länger lebt als er.'"

3.2. Pastiche und Postmoderne

Nach Paul Michael Lützeler handelt sich bei Süskinds Roman um "alles andere als ein konventionelles Kunstwerk, sondern um eines der Schlüsselwerke der deutschsprachigen postmodernen Literatur".

Mit der Zuordnung zur Postmoderne weist Lützeler den Roman einer literarischen Strömung zu, die - in Abgrenzung von der Moderne und mit parodistischen "Seitenhieben auf die kanonischen Werke der romantischen und symbolistischen Literaturtradition" die Trennung zwischen "seriöser Literatur" und "Massenliteratur" aufheben will. Dabei ist die Postmoderne nicht eine Literaturrichtung mit ausgewiesener ästhetischer Programmatik, sondern erhebt die Vielfalt der Stile zum Programm." Traditionell erzählt, spannend auf die Handlung orientiert, akzeptabel für das breite Publikum, vergnüglich dabei, aber mit Ironie, ohne Unschuld das ist das literarische Programm des Postmodernismus. Postmodernismus, so ihr Theoretiker (und bekanntester Praktiker) Umberto Eco, ist 'keine zeitlich begrenzbare Strömung, sondern eine Geisteshaltung. Ironie, metasprachliches Spiel, Maskerade hoch zwei.'"

Judith Ryan weist in ihrem Aufsatz "Pastiche und Postmoderne" Süskinds Roman u. a. aufgrund seiner widersprüchlichen Tendenzen und der parodistischen Bezugnahme auf die Ästhetik der Romantik und des Symbolismus der postmodernen Literatur zu:

"Insofern die Postmoderne als eine Art kompliziertes Spiel zwischen Text und Leser definiert werden kann, stellt *Das Parfum* dieses Verhältnis durch eine stillschweigende Einladung an den Leser her, so viele Anspielungen wie nur möglich aufzuspüren. (...) Zweifellos haben Süskinds Rückgriffe auf bekannte literarische Formeln, seine Evokation vergangener sprachlicher und ikonographischer Welten etwas Beunruhigendes an sich. Der Leser wird mit einer fast ununterbrochenen Mischung von Zitaten, Halbzitaten und stilistischen Nachahmungen konfrontiert, die trotz ihrer heterogenen Herkunft fast genauso abgerundet vorkommt wie der unwiderstehliche Duft des Meisterparfumeurs Grenouille. (...)

Ein wichtiger Aspekt von Pastiche und Parodie in Süskinds Roman liegt, wie gesagt, in dessen Bezugnahme auf Romantik, Symbolismus und Ästhetizismus. Realistische und naturalistische Bezüge - Erinnerungen an Dickens, Fontane oder Balzac - lassen sich zwar durchaus erkennen, zumal da Süskind sich an traditionelle Erzähltechniken hält und modernistische Methoden weitgehend vermeidet. Die Entwicklung der Künstlerthematik, insbesondere der Thematik des Verhältnisses zwischen Künstler und Natur, wird jedoch in erster Linie durch Anspielungen auf eine sich von der Vorromantik bis zur Neuromantik erstreckende literarische Tradition bestimmt. Goethe erscheint hauptsächlich unter romantischem Vorzeichen, beispielsweise in den Hinweisen auf seine Vorstellungen von Genie und Schöpfertum. Grenouilles Winterschlaf in den Bergen während des Siebenjährigen Krieges entspricht Fausts Heilschlaf, der Vorbedingung seiner schöpferischen Aktivitäten im zweiten Teil der Dichtung.(...) Durch die im Text angelegten widersprüchlichen Tendenzen weist *Das Parfum* entschieden postmoderne Züge auf. Einerseits eignet sich der Roman eine große Anzahl früherer Texte an und scheint durch diesen außerordentlichen Anspielungsreichtum den wiederholt evozierten Geniegedanken unterstreichen zu wollen. Andererseits warnt der Roman vor der Gefahr des Genies. Denn dieses Genie ist zugleich auch ein Mörder: die Kunst erscheint also als eine Form des Kriminellen.

(...) Süskind (zeigt), inwiefern der Schriftsteller von heute einer literarischen Tradition verpflichtet ist, die den Künstler als pseudo-göttliche Figur und dessen Werk als autonome Produkte einer ursprünglichen Einbildungskraft vorstellt. Indem er aber seine Anspielungen auf eine immer noch verehrte literarische Vergangenheit so einsetzt, daß sie ihrer Ursprünglichkeit beraubt und gleichsam in eine unreine Mischung aufgelöst werden, stellt er bekannte Talismane unserer Kultur in Frage. Somit muß die Pastiche-Technik des *Parfums* als eine absichtliche Strategie verstanden werden."

*** *** ***

In seinem (durchweg polemisch formulierten) Aufsatz "Priester, Präzeptor, Animateur" geht Kurt Scheel dem Unbehagen beim "Lesen zeitgenössicher Literatur" nach. Scheel teilt die Schriftsteller in drei Gruppen auf:Priester, Präzeptoren und Animateure. Die Priester, er nennt als Beispiele Peter Handke und Botho Strauß, betreiben, so Scheel, "ein literarisches Projekt zur Wiedergewinnung des Pathos", sind "nicht auf der Höhe der Zeit" und stoßen zumeist auf "höhnische Ablehnung". Der "Priester-Dichter" zelebriert Literatur, für ihn ist Lektüre "Gottesdienst".

Die Präzeptoren, zu ihnen zählt Scheel u. a. G. Grass, sind "Aufklärer, Statthalter des Guten und Wahren, manchmal auch des Schönen", sie lieben "die Menschheit", sind "geborene Volkserzieher", sind überhaupt "gute Menschen" und übersehen aber dabei, daß die Leser es gelernt haben, sich ihres "eigenen Verstandes zu bedienen".Dabei sind Priester und Präzeptoren "Brüder", auch wenn sie sich für "Gegner" halten.

Die dritte Gruppe zeitgenössicher Autoren, und zu ihnen zählt Scheel auch Patrick Süskind, sind die (postmodernen) Animateure:
"Der Animateur ist säkular statt religiös - kein Weihrauch, sondern Parfum; ironisch-elegant statt verantwortlich-apokalyptisch - der Rättin zieht er die Rose vor, ja schon den bloßen Namen der Rose; und die geistig-moralische Erneuerung überläßt er gerne den dafür qualifizierten Politikern. Da der Animateur klug und gebildet ist und da er sich für die Gegenwart interessiert, trifft sein Roman, auch wenn er sich als historischer verkleidet, den Geist der Zeit. Der Erfolg der Bücher von Umberto Eco und Patrick Süskind kann jedenfalls nicht gegen sie ins Feld geführt werden, dazu sind sie zu komplex, literarisch-technisch und intellektuell. Das Problem mit ihren Büchern besteht darin, daß man sie nicht einfach dem Genre der Unterhaltungsliteratur zuschlagen, mit dem alten, treudeutschen Schema von U-Kultur und E-Kultur erledigen kann. Das Problem besteht darin, daß man sie ernster nehmen muß.
Das gerade wollen sie nicht. Sie seien doch nur nette kleine Romane, nichts Besonderes, ein intelligentes Vergnügen, zieren sie sich. Wir aber wissen, daß, anders als bei gängigen Bestsellern, sie auch bei den emphatischen Lesern erfolgreich waren. Daß, unter literarischen Gesichtspunkten, sie sich sehr wohl mit der repräsentativen deutschsprachigen Gegenwartsliteratur messen können. (...)

3.3. Masse und Individuum

Wolfgang Hallet untersucht die Frage nach dem Verhältnis von Masse und Individuum. Eckhard Franke zeichnet ein psychologisches Profil der Figuren in Süskinds Werk. Wolfram Schütte unternimmt den Versuch, Grenouilles Charakter zu ergründen.

Hallet schreibt über Grenouille und die Menge:

"Die geplante Hinrichtung Grenouilles ist nicht von ungefähr als Massenszene gestaltet. Nicht nur hat sich Grenouilles geniale Idee als kläglich mißlungenes chemisches Experiment erwiesen, sondern die Menge ist auch unfähig, die Kreation des Genies und die mit ihr verbundene Intention zu erkennen. (...) Die Menge ist nicht in der Lage zu unterscheiden zwischen dem Menschen Grenouille und seiner Verkleidung, sie hält das Surrogat für die Essenz, das Parfum für den Menschen. So scheitert Grenouille nicht nur an sich selbst, sondern auch an den tauben und tumben Massen (...). An ihrer Sinnlichkeit, die er sich doch hatte unterwerfen wollen, geht er letztlich zugrunde. So bringt das Ende des Romans (auch das Grenouilles) eine Macht ins Spiel, die sich erst in unserem Jahrhundert sozusagen vollends zu einem historischen Subjekt ausgebildet hat: die Masse. In dieser Szene wie auch in der dem Roman als historische Folie dienenden Zeitalter der Französischen Revolution scheint so schon das moderne Massenzeitalter herauf, das Scheitern des Genies an der Menge verrät die Erzählung gleichsam als unserem Jahrhundert entsprungen. (...) Erst mit der Erfahrung der Französischen und vieler nachfolgender Revolutionen und der Moderne im Kopf kann die Masse so agieren wie bei Süskind (...). Für uns Heutige kann die faszinierende Unternehmung des autonomen, fast autarken Individuums, das die Welt aus den Angeln heben möchte, nur noch Schreckensvision sein, das vorgebliche Genie ist nur noch im Scheitern vorstellbar"(...).

Bei genauem Hinsehen ist auch der innere Zustand der im Roman beschriebenen Gesellschaft eher der heutigen adäquat. In der gesamten Erzählung gibt es keinen Gegenentwurf zu Grenouilles Kunst-Liebe, auch nur eine Andeutung der Realität von Liebe. Die menschlichen Beziehungen sind samt und sonders reduziert auf die Frage des wirtschaftlichen Nutzens und des Besitzes. 'Liebe' existiert nur als Wahnvorstellung in Grenouilles Kopf, als paranoide Idee, als pathologische Phantasterei, deren Realisierung verheerende Ergebnisse zeitigt und deren künstliche Erzeugung in einem orgiastischen Massenwahn endet. Der heutige Leser erkennt hier zuallererst sein eigenes Jahrhundert wieder, weniger das optimistische, humanitäts-'duselnde' achtzehnte. Vielleicht weckt diese Erzählung in ihm auch Zweifel an dem, was er bisher für seinen Ursprung gehalten hat: Ist der Ursprung des bürgerlichen Menschen denn dort, wo wir ihn immer vermutet haben? Sind wir, die wir gerne Goethe und Schiller, vielleicht auch noch Hölderlin zu unseren Vätern haben, nicht einer gewaltigen Verklärung unserer Ursprünge aufgesessen? Sind wir nicht in Wirklichkeit barbarischer und mörderischer Herkunft?

Vielleicht, auch das lehrt uns die Süskind-Geschichte, sind die wahren Genies von der Menge aufgesogen und vertilgt worden und haben keine Spuren in der Geschichte hinterlassen."

*** *** ***

Eckhard Franke untersucht die Hauptfiguren in Süskinds Werken, den Kontrabaß-Spieler aus seinem Drama "Der Kontrabaß", Grenouille aus dem "Parfum", den Wachmann Jonathan Noel, die Hauptfigur aus der Erzählung "Die Taube", und den Ich-Erzähler aus der "Geschichte von Herrn Sommer" und kommt zu dem Ergebnis:

"Süskinds Figuren sind (Anti-Helden), die sich im verwirrenden Gestrüpp ihrer Nervenfasern verheddern, heillos, ungeheilt. Sie streifen als vereinsamt, mehr oder minder psychotische Sonderlinge durchs Leben. Ob einsamer Instrumentalist oder Nasengenie oder einfacher Wachmann: Sie zeigen dasselbe seelische Spezialproblem. Psychologen sprechen von 'Beeinträchtigungswahn', von einer Veränderung der Wahrnehmung, bei der die Mitwelt als feindlich erlebt wird. Die Reaktion solcher Individuen ist entweder der Totalrückzug auf eine Art 'innere Lebensinsel' oder ein verborgener, verbissen-aggressiver Feldzug gegen die Welt der anderen. Doch Süskind ist kein feinsinniger Epiker psychologisch-realistischer Innenweltpanoramen, er packt seine Figuren bei ihrer habituellen Gestalt, belichtet Geistes- und Seelenzustände im Widerschein äußerer Haltungen und Handlungsweisen. (...)

Der Wahn, dem Süskinds monadische Figuren verfallen sind, ist skurril. Aus ihrer Monomanie, aus ihren schrägen Obsessionen schlägt der Autor den Funken des grotesk Komischen. Süskind ist ein Taschenspieler des in den Witz getriebenen Schreckens, des alltäglichen wie des außerordentlichen. Seine zukurzgekommenen Helden suchen Halt, Anerkennung und (letztlich doch nur dies:) die Liebe der anderen; und je mehr sie von der Unmöglichkeit dieser Liebe überzeugt sind, desto unerbittlicher (auch gegen sich selbst) ergeben sie sich ihrem Perfektionsdrang, der sich an ausgesuchte Objekte und Zustände bindet, die ihnen Lebensersatz bedeuten: absolute Herrschaft über ein Musikinstrument, die Kreation des

verführerisch-absoluten Duftes, der penibel 'erarbeitete' Zustand absoluter Ereignislosigkeit im minimalisierten Lebenswinkel. In diesen Fixierun-
gen verdinglicht sich das existenzielle Defizitgefühl: Lebensuntüchtigkeit,
Liebesunfähigkeit, das Ausgestoßensein".

*** *** ***

Über Süskinds Grenouille-Gestalt schreibt Wolfram Schütte:

"Der negative Held, den Süskind sich erfand, ist eine (...) schillernde
Projektionsfläche, auf der 'das Scheusal, der Unmensch, der solitäre
Zeck' wie ein Chamäleon verschiedene Farben der Reflexion annimmt.
Grenouille, das ist: die Geburt und Existenz des Bösen als Ausgeschlos-
senheit der Liebe; die Geschichte des Ressentiments und des Hasses als
Verlangen nach der totalen Macht, die den Makel des 'Anormalen' tilgen
soll; ist analog mythisierender Modelle (ungeliebte Geburt, Ausgestoßen-
sein in die Anonymität, siebenjähriger Rückzug in menschenferne Inkubationszeit, Aus- und Aufbruch zum Gipfel des Ruhms, auf dem ihn alle
erkennen und er alle verführt) - ein Spiegelbild politischer und religiöser
'Führung'; ist aber auch eine Reflexion über den Künstler, der 'sein inneres
Imperium', das 'Reich seiner Seele' durch die spezialistische Verfeinerung
seines imaginativen Sensoriums derart illusionistisch, imitatorisch der
Welt vor Augen zaubern kann, daß es die Wirklichkeit außer Kraft setzt -
freilich um den Preis, es nur abnehmen zu können, wenn er ihre Schönheit
zuvor getötet hat."

3.4. Der Bestseller

Zur Frage, warum Süskinds "Parfum" ein Bestseller geworden ist, schreibt
Norbert Berger:

"Natürlich ist das ein Komplex von Motiven. An der Spitze dürfte in
diesem Fall stehen, was die Intensitätsthese (...) zu beschreiben versucht:
der starke emotionale Reiz, der von dem ungewöhnlichen Thema, von der
Verquickung von Erotik, Verbrechen und Horror und von der die Empfin-

dungen zugleich anziehenden und abstoßenden, aber auf jeden Fall intensiv beschäftigenden Figur ausgeht. (Man denke an den Erfolg der *Blechtrommel*, in der die Welt aus der Perspektive eines Gnoms wahrgenommen wird.) Der Leser kann - wenigstens in der Phantasie - sehr dunkle und archaische Wünsche ausleben, die ihm ein innerer Zensor sonst verbietet. Hinzu kommt - und damit befinden wir uns bereits im zeitgeschichtlichen Umfeld - eine gewisse Sympathie mit Außenseitern und Individualisten, wie sie das zunehmend genormte Leben in einer bürokratisierten und durchorganisierten Gesellschaft hervorbringt. *Das Parfum* trifft überdies auf das Interesse an großen historischen Epochen, das nach Jahren der Geschichtsfeindlichkeit wieder erwacht ist, das aber auch - wie die modische Fantasy-Literatur - ein Ausweichen ins Unpolitische erlaubt, wonach seit der jahrelangen Verpflichtung auf 'gesellschaftliche Relevanz' offenbar ein Bedürfnis besteht. Nicht zuletzt spielt die Machart eine wichtige Rolle: Die traditionelle Erzählperspektive, der überschaubare Aufbau und die durchsichtige Syntax muten dem Leser intellektuell nicht viel zu, die bildhafte, lebendige und mitreißende Sprache zieht ihn emotional in den Bann."

*** *** ***

Judith Ryan sieht den Erfolg des Romans in der (für postmoderne Literatur typischen) Doppelkodierung (Mehrfachkodierung) begründet:

"Von Anfang an hat *Das Parfum* zugleich eine Leserelite und eine Massenleserschaft angesprochen. Der Roman wurde sehr schnell zu einem Bestseller, zunächst in den deutschsprachigen Ländern, danach in englischer und französischer Sprache. Auf das Bestsellerpublikum wirkten wohl in erster Linie das reizvolle Umschlagbild und der Untertitel, *Geschichte eines Mörders*. Im Gegensatz dazu fühlte sich der gebildete Leser durch andere Aspekte des Romans angesprochen, zum Beispiel durch Süskinds reiches Vorstellungsvermögen und seine stilistische Virtuosität.

(...) Zwischen diesen beiden Polen gab es aber auch ein ganzes Spektrum: Leser, die durch die detaillierte Heraufbeschwörung vom Paris des achtzehnten Jahrhunderts fasziniert waren; Leser, deren Interessen für das Parfummotiv schon durch eine ganze Reihe sozialgeschichtlicher Darstellungen der Intim- und Privatsphäre angeregt wurde; Leser, die sich vom Perversen und Gewalttätigen sowie von der grotesken Hauptgestalt des Romans auf makabre Weise angezogen fühlten; Leser, die von der hochliterarischen Sprache in den Text hineinverlockt werden; Leser, die im Roman ein allegorisches Puzzlespiel sahen, und dergleichen mehr. Daß man einen dieser roten Fäden durch den ganzen Roman hindurch verfolgen oder sogar viele Fäden zusammenflechten konnte, stellte für viele Leser den Reiz dieses Buches dar. An diesem breiten Interessenspektrum läßt sich die Vielfachkodierung des *Parfums* leicht erkennen."

H.Dörfler, a.a.O., S.121 f.
ders., a.a.O., 124 f.S
Paul Michael Lützeler:Von der Spätmoderne zur Postmoderne.
In: Paul M. Lützeler (Hrsg.), Spätmoderne und Postmoderne.Beiträge zur deutschsprachigen Gegenwartsliteratur, Frankfurt 1991, S. 17
ders., ebenda
N. Höpfner, a.a.O.
Judith Ryan, a.a.O., S.
Kurt Scheel, Priester, Präzeptor, Animateur. Beim Lesen zeitgenössischer Literatur. In: Merkur. Deutsche Zeitschrift für europäisches Denken, (Hrsg. K. H. Bohrer), Heft 9/10 1986, München 1986, S. 890-892; die Zitate in der Einleitung sind den Seiten 887-890 entnommen. (*Die Rättin*=Titel eines Romans von G. Grass)
W. Hallet, a.a.O., S. 286 f.
Eckhard Franke, a.a.O., S. 2-7
Wolfram Schütte, a.a.O.
N.Berger, a.a.O., S. 59
J. Ryan, a.a.O., S. 93

4.Teil: Das Parfum - Stimmen der Kritik

Süskinds Roman wurde, so faßt Ulrich Pokern das Ergebnis seines Vergleichs von Rezensionen zusammen, "best-besprochen".[1]

Dieser Feststellung Pokerns kann insgesamt zugestimmt werden; einen regelrechten "Verriß" des Romans wird man in den Feuilletons kaum finden, wohl aber durchaus einige kritische Stimmen und negative Bewertungen einzelner Aspekte des Romans.

Wegen der Fülle des Materials, der Roman ist wohl in kaum einem westdeutschen Feuilleton nicht besprochen worden, ist ein repräsentativer Überblick in Form von Auszügen der Kritiken kaum möglich.Wir begnügen uns deshalb mit einer kleinen (durchaus subjektiven) Auswahl, die aber auch kritische Stimmen zu Wort kommen läßt.

*** *** ***

"Süskind, ein milder Epigone, schreibt sein Buch im Duktus traditioneller Autoren, mit der Kraft fast vergessener Worte, ein erfreulicher Anachronismus im modischen literarischen Bla-Bla. Als ironischer Erzähler tritt er immer wieder aus den Zeilen heraus, nimmt den Leser bei der Hand und führt ihn naseweis durch seinen duften Garten der Gerüche. Autor wie Leser suhlen sich in der dicken Luft der Düfte.

In unserer Zeit, wo 'sämtliche Gerüche zum Schweigen gebracht wurden', (Corbin), hat Süskind die irdischen Elemente Gestank, Schmutz, Schweiß und Scheiße wieder zum Dampfen gebracht. Sein Buch ist eine Reise zurück zu den animalischen Instinkten und eine Stänkerei gegen die moderne Deo-Zeit."

(Michael Fischer, Der Spiegel)[2]

*** *** ***

"Was läuft da schief? Das kann doch nicht mit rechten Dingen zugehen. Doch, es geht mit rechten Dingen zu: Bei aller handwerklichen Brillanz

---

1 U.Pokern, a.a.O., S.76
2 M.Fischer, a.a.O., S.238

kann Süskinds Roman einen erheblichen Mangel, der mehr als ein 'Schön-
heitsfehler' ist, nicht verleugnen - das Buch hat formal nichts und gar nichts
mit *zeitgenössischer* Literatur zu tun; es könnte ebensogut bereits in den
zwanziger Jahren erschienen sein, zu Zeiten von Stefan Zweig oder Lion
Feuchtwanger. Auch holt sich niemand beim Lesen eine blutige Nase, der
Roman 'Das Parfum' ätzt weder die Schleimhäute noch Hirn und Herz, er
ist angenehm-prickelnd amoralisch, ohne jemanden ernsthaft zu verletzen
oder gar zu einem ethischen Standpunkt zu nötigen. Delectare sine
prodesse. Dieses Buch paßt haargenau in die restaurative Gegenwart.
   Und zeigt gleichzeitig, aus welchem Stoff Bestseller sind, deren übliches
Mittelmaß jedoch weit hinter sich lassend.(...)Dem Autor Patrick Süskind,
der eine so immense schriftstellerische Begabung hat, wäre zu wünschen,
daß er Wege und Mut zu anstößiger, verstörender (und also großer)
Literatur fände - selbst auf die Gefahr hin, von einem solchen Buch nur
fünftausend Stück verkaufen zu können."

(Niels Höpfner, Die Presse)[3]

   "Ein Roman, der im einzelnen locker, phantasievoll und unbekümmert
erzählt, sich dabei aber nicht nur auf irgendwelche grausig-schelmenhaften
Absonderlichkeiten, sondern auf große, gewichtige, kollektive Handlungs-
muster zwischen Künstler-Roman und antiken Verblendungs-Zusammen-
hängen bezieht - ein solcher Roman scheint doch geradezu vorbildlich, ja
idealtypisch gelungen? Leider nicht ganz ... Die Mythen schnurren zusammen zu Anekdoten. Zwischen konkreten Schilderungen und riesigen
Bedeutungen bleiben Lücken gar zu groß, und in der schrägen Perspektive eines schwarzen Schelmenromans wird Menschliches oder Verbind-
liches immer nur momentweise sichtbar. (...)
   Fazit: Die *Idee* des Buches ließe sich eventuell mit der Kraft des
Grass'schen 'Blechtrommel'-Entwurfs vergleichen, aber gewiß nicht die
Durchführung und die literarische Entfaltung. Medien-Erfahrung (auch
Faulkner schrieb für Hollywood) muß nichts unbedingt Verwerfliches sein.
Doch so wie Gebrauchsgraphik dem Kunst-Stil schadet, so bedeutet

---

3 N.Höpfner, a.a.O., S.7

Fernsehspiel-Routine für Prosa zumindest eine Gefahr, vor welcher dieser hochbegabte und einfallsreiche Autor herzlich gewarnt sei."

(Joachim Kaiser, Süddeutsche Zeitung)[4]

*** *** ***

"Es handelt sich hier um ein Stück von teilweise überaus handfertig hergerichteter Spektakelliteratur. Da werden ungehemmt alle nur denkbaren Reize eingesetzt. Der Reiz eben des Monströsen, der ausgefallenen Triebstruktur. (...) Der Reiz des historisch Exotischen kommt sodann zum Spielen. (...)

Heinrich Heine hat das Bedürfnis, das sich gegen Spießbürgerei und Langeweile regen kann, ein Bedürfnis, dem dieser pikareske Roman entgegenkommt, im Gedicht 'Anno 1829' formuliert: 'O daß ich große Laster säh/Verbrechen blutig, kolossal - Nur diese glatte Tugend nicht/Und zahlungsfähige Moral!'

Schon einige Zeit versuchen Schriftsteller auf solchen Lesehunger zu reagieren - es ist im übrigen einer, von dem sich die Romanliteratur als Gattung seit je genährt hat. Die Alltagsmiseren haben die künstlerische Anziehungskraft, den Unterhaltungswert eingebüßt, so gut wie die wehleidigen Innenansichten.(...) Süskind - ohne Zweifel hochbegabt, aber unvergleichlich eindimensionaler als Grass, aus dessen 'Blechtrommel' er tüchtig gelernt zu haben scheint - versteht sich auf die nötigen Zugaben von Trivialität. Zur Geschichte der angesprochenen Epoche etwa in Paris erfährt man herzlich wenig - einige historische Lokalitäten und Vokabeln genügen, wie in einem Kostümfilm, der ja auch Exotik und nicht Zeitanalyse einbringen will."

(Beatrice von Matt, Neue Zürcher Zeitung)[5]

*** *** ***

---

4 J.Kaiser, a.a.O., S.V
5 B.von Matt, a.a.O.

"Süskind versteht es den Leser zu schocken, mit starken Kontrasten, kühl kalkulierten Effekten und Superlativen, die nur noch von denen seiner Kritiker übertroffen werden. Dieser Spezialist für literarische Sinnlichkeit kennt die Bedürfnisse seiner Konsumenten und dringt mit seiner raffinierten Mischung aus Geruchsgeschichte und Kriminalfall in die Herzen potentieller Parfum-Produzenten, denen er ausführliche Anleitungen zum Mixen der edlen Tropfen widmet, ebenso wie in die der Buchhändler, denen er - endlich mal wieder - ein Geschäft beschert, einen Bestseller.

Geschickt nutzt er jene nicht nur literarische Welle, in deren Strömung wir nach Jahren subtiler Introspektion und dürrer Intellektualität nun nach derbdeftiger Sinnlichkeit aller Art lechzen und auch die verdrängten und vernachlässigten Geruchsempfindungen wiederentdecken sollen. Daß Süskinds Duftstrom alle differenzierten Wahrnehmungsorgane eher narkotisiert, kann den Erfolg seines 'Buchs der Gerüche' nur vergrößern. Es lockt die simple Botschaft vom menschlich-allzumenschlichen Geruch, auch wenn dies ein 'schweißig-fettes, käsig-säuerliches, ein im ganzen reichlich ekelhaftes Grundthema' ist. Doch als Parabel über den Autor Süskind sollte man die Erfolgsgeschichte des Parfumeurs schon gar nicht lesen - da sei Grenouille bzw. Chanel vor!"

(Annette Meyhöfer, Vorwärts)[6]

*** *** ***

"Aber des Lebens ungemischte Freude wird uns Lesern der zeitgenössischen deutschen Romane nur sehr selten zuteil. Wer die erste Hälfte dieses Buches geradezu mit roten Backen zur Kenntnis genommen hat, der muß später einige Enttäuschungen in Kauf nehmen (...) In dieser zweiten Hälfte mutet Süskinds Prosa ein wenig epigonal an. Aber wen ahmt er nach? Keinen anderen als sich selber. Er wiederholt sich. Und warum, ist ihm etwa die Puste ausgegangen? Ich glaube, es gibt da noch einen anderen, vielleicht triftigeren Grund. Die Biographie des Mannes mit der einzigartigen Witterung ist zwar von Anfang an als Gleichnis angelegt, doch sind die parabolischen Elemente vorerst noch dezent: Es triumphiert

6 A.Meyhöfer, a.a.O.

immer wieder das artistische Temperament eines Erzählers, dem es Spaß macht, den Lesern allerlei vorzuflunkern und sie damit vorzüglich zu unterhalten. Nachher hingegen ist es umgekehrt, Süskind bemüht sich jetzt in wachsendem Maße um den gleichnishaften Charakter seiner Geschichte. Dieser wird tatsächlich immer deutlicher - und leider auch immer aufdringlicher. So paradox dies auch anmuten mag: Wo er dem Spieltrieb nachgibt, da gerade hat seine Prosa Gewicht, wo er aber um den tieferen Sinn seines Buches besorgt ist, da wird es oberflächlicher und artifizieller.(...)

Jedenfalls ist es schön, endlich einmal feststellen zu können: Unsere Literatur hat ein Talent mehr-und ein erstaunliches obendrein."

(Marcel Reich-Ranicki, Frankfurter Allgemeine Zeitung)[7]

*** *** ***

"Was hat dieses Buch anderen, die gar nicht erst aus der Flut der Neuerscheinungen auftauchen, so sehr voraus?

Spektakulär ist es selbst so wenig wie sein Autor, der so gut wie nie in den Medien zu betrachten ist und der Literaturpreise, jedenfalls in Deutschland, ablehnt. Es ist auch nicht 'innovativ' - hierzulande ohnehin eher ein Merkmal für schwerverkäufliche Literatur. Vielleicht ist es gerade dies, was den Erfolg vom 'Parfum' ausmacht: daß es brillant auf der Klaviatur altbewährter Erzähltradition gespielt ist und so für fast jeden Leser etwas hat: eine klare Diktion, für jedermann verständlich, dabei aber anspruchsvoll genug, um literarisch 'hoffähig' zu sein; erzählerisches Können; einen leicht zu bewältigenden Umfang; eine interessante, nicht alltägliche, überschaubare Handlung; eine extraordinäre Hauptfigur mit unvergleichlichen (Riech-)Fähigkeiten, eine Prise kriminalistischer Spannung, eine historische Verpackung, von der man nebenbei auch noch Kulturgeschichtliches zu lernen vermeint. - Ein ideales Produkt für die Relikte der bürgerlichen Lesegesellschaft."

(Ulrich Pokern, text und kritik)[8]

---

7   M.Reich-Ranicki, a.a.O.,
8   U.Pokern, .a.O., S. 70

5. Eingesehene und zitierte Literatur

5.1. Werke des Autors

Süskind, Patrick	Das Parfum, Zürich 1985
ders.	Der Kontrabaß, Zürich 1984
ders.	Die Taube, Zürich 1987
ders.	Die Geschichte von Herrn Sommer, Zürich 1991
ders.	Der Zwang zur Tiefe. In: Tintenfaß 20, Zürich 1991, S. 259-263
ders.	Dreißig Jahre umsonst gelesen! oder Amnesie in litteris. In: Tintenfaß 20, Zürich 1991, S. 11-18

5.2. Sekundärliteratur

5.2.1 Fachwissenschaftliche Literatur

Berger, Norbert	Patrick Süskind, Das Parfüm. In: Praxis Deutsch 86, Seelze 1987, S. 58-62
Dörfler, Heinz	Das Feature-Modell. Zur Erschließung von Patrick Süskinds Roman 'Das Parfum'. In: H. Dörfler, Moderne Romane im Unterricht, Frankfurt/M. 1988, S. 107-130
Franke, Eckhard	Patrick Süskind. In: Kritisches Lexikon zur deutschsprachigen Gegenwartsliteratur, 42. NLG, S. 1-8
Gerth, Klaus	Bestseller. In: Praxis Deutsch 86, Seelze 1987, S. 12-16
Hage, Volker	Zur deutschen Literatur 1985. In: Deutsche Literatur 1985, Stuttgart 1986, S. 7 ff.

Hallet, Wolfgang — Das Genie als Mörder.Über Patrick Süskinds 'Das Parfum'. In: Literatur für Leser 3/4 1989, S. 275-288

Lucht, Frank — Erkennen Sie die Medlodie? Postmoderne Romane, z.B. Klaus Modicks "Grau der Karolinen". In: Merkur. Deutsche Zeitschrift für europäisches Denken (Hrsg. Karl Heinz Bohrer), Heft 9/10 1986, München 1986, S.892-897

Pokern, Ulrich — Der Kritiker als Zirku(lation)sagent. Literaturkritik am Beispiel von Patrick Süskinds "Das Parfum". Geschichte eines Mörders. In: text und kritik 100. (Hrsg. Heinz Ludwig Arnold), München 1988, S. 70-76

Ryan, Judith — Pastiche und Postmoderne. Patrick Süskinds Roman "Das Parfum". In: Paul Michael Lützeler, Spätmoderne und Postmoderne. Beiträge zur deutschsprachigen Gegenwartsliteratur, Frankfurt 1991, S. 91-103

Scheel, Kurt — Priester, Präzeptor, Animateur. Beim Lesen zeitgenössischer Literatur. In: Merkur. Deutsche Zeitschrift für europäisches Denken (Hrsg. Karl Heinz Bohrer) Heft 9/10 1986, München 1986, S. 887-892

5.2.2. Rezensionen

Alings, Gabriele — Dufte/Patrick Süskinds 'Parfum' - ein Mörder auf der Suche nach dem Duft aller Düfte. In: Die Tageszeitung Nr.1578 v.4.4.1985, S. 8

Fischer, Michael — Ein Stänkerer gegen die Deo-Zeit.In: Der Spiegel 10/85 v. 4.3.85, S. 237 f.

Götze , Karl-Heinz — Mörderischer Wohlgeruch/Patrick Süskinds Roman 'Das Parfum'. In: Deutsche Volkszeitung/die tat Nr. 35 v. 30.8.1985, S. 2

Grack, Günther Der Duft der Schönheit/Patrick Süskinds Roman 'Das Parfum'. In: Der Tagesspiegel Nr.12021 v. 7.4.1985, S. 47

Gutschke, Dr. Irmtraud Leichen auf dem Weg zum Liebesparfum. In: Neues Deutschland Nr. 209 v. 5./6.9.1987, S.14

Hartmann, Rainer Die feine Nase des Grenouille/Erzähllust entführt in eine Welt der Düfte. In: Kölner Stadt-Anzeiger Nr. 68/28 v. 21.3.1985

Hocke, Thomas Duftige Mordrätsel aus dem Paris Watteaus. Erzähl-Debüt: Patrick Süskinds Roman 'Das Parfum'. In: Rheinischer Merkur/Christ und Welt Nr.13 v. 23.3.1985, S. 21

Höpfner, Nils Grenouille, das Nasenmonster. Irdische, himmlische und höllische Düfte. In: Die Presse Nr. 11120 v. 6./7.8.1985, S. 7

Kaiser, Joachim Viel Flottheit und Phantasie. Patrick Süskinds Geschichte eines Monsters. In: Süddeutsche Zeitung Nr.74 v. 28.3.1985

Krämer-Badoni, Rudolf Neuer Vampir für den Film? Patrick Süskinds Romangeschichte eines Mörders. In: Die Welt Nr. 40 v. 16.2.1985, S. 21

Matt, Beatrice von Das Scheusal als Romanheld. Zum Roman 'Das Parfum' vonPatrick Süskind. In: Neue Zürcher Zeitung, Fernausgabe Nr. 61 v. 15.3.1985, S. 43

Meyhöfer, Annette Zwerg Nase im Reich der Geruchssinne. Des Autors literarische Monster feiern einsame Orgien der Phantasie. In: Vorwärts Nr. 26 v. 22.6.1985, S. 22

N.N. Riß in der Idylle. Neues von Patrick Süs-kind: "Die Geschichte von Herrn Sommer" In: Der Spiegel 43/1991, Hamburg 1991, S.301-303

Reich-Ranicki, Marcel	Des Mörders betörender Duft. Patrick Süskinds erstaunlicher Roman 'Das Parfum'. In: Frankfurter Allgemeine Zeitung Nr. 52 v. 2.3.1985
Schütte, Wolfram	Parabel und Gedankenspiel. Patrick Süskinds erster Roman 'Das Parfum'. In: Frankfurter Rundschau Nr. 81 v. 5.4.1985, S.ZB 4
Stadelmaier, Gerhard	Lebens-Riechlauf eines Duftmörders. Patrick Süskinds Roman 'Das Parfum' - Die Geschichte eines Mörders. In: Die Zeit Nr.12 v. 15.3.1985, S. 59
Wallmann, Jürgen P.	Der Duft des großen kleinen Genies. Patrick Süskinds erster Roman. In: Deutsches Allgemeines Sonntagsblatt Nr.15 v. 14.4.1985, S.27

5.2.3 Sonstige Literatur

Altweg, Jürgen/ **Schmidt,** Aurel	Französische Denker der Gegenwart, München 1987
Augstein, Jürgen	Liebe geht durch die Nase. In AKKU Nr. 4/84 v. 24.10.1989, S. 8-11
Baumgärtner, Alfred C.	Krimi. In: Praxis Deutsch 44/80, Seelze 1980, S. 7-14
Bürger, Gottfried August	Verhör einer Kindsmörderin. In: Arbeitsbuch Deutsch/Sek.II, Bd.2 Literatur und Gesellschaft. Hrsg. v. Robert Ulshöfer, Dortmund 1972, S. 148 f.
Corbin, Alain	Pesthauch und Blütenduft. Eine Geschichte des Geruchs, Berlin 1986
Dürrenmatt, Friedrich	Die Physiker, Zürich 1962
Fassbinder, Franz (Hrsg)	Spiegel der Seele/Zweihundert Jahre deutscher Dichtung, Münster 1960
Ford ,Clellan S./ **Beach,** Frank A.	Formen der Sexualität/Das Sexualverhalten bei Mensch und Tier, Berlin 1954

Foucault, Michel   Überwachen und Strafen. Die Geburt des Gefängnisses, Frankfurt 1989

Freud, Sigmund   Drei Abhandlungen zur Sexualtheorie, Frankfurt 1971

Genzler, Ulrich   Kill for Fun - dem Serienmörder auf der Spur. In: Schwarze Beute 7 (Hrsg. R. Rendell), Reinbek 1992, S. 157-181

Goethe, Johann Wolfgang von   Faust I, Stuttgart 1963

Harris, Thomas   Das Schweigen der Lämmer, München 1992

Kleist, Heinrich von   Michael Kohlhaas, Stuttgart 1979

Kriege, Angelika   Balladen - hören, spielen, verstehen, Stuttgart 1991

Matzkowski, Bernd   Die Wandlung der Detektivfigur. In: Praxis Deutsch, 44/80, Seelze 1980, S. 53-56

Mayr,G./**Lindner**, M.   Der Killer mit Charisma: Zum Motiv des Serienmörders im Thriller. In: waz vom 28.4.93, wts 64

O'Malley, Ursula   Geruch ist Gefühlssache. Der Geruchssinn in der historischen Dimension. In: Geschichte lernen, Heft 15/1990, S. 24-30

Rimmel, Eugene   Das Buch des Parfums, Berlin 1988

Sacks, Oliver   Der Mann, der seine Frau mit einem Hut verwechselte, Reinbek 1992

Schiwy, Günther   Poststrukturalismus und 'Neue Philosophen', Reinbek 1985

Starobinski , Jean   Kirchtürme und Schornsteine/Über das Archaische und das Moderne. In: Neue Zürcher Zeitung v. 6./7.12.1986, S. 69

Vorländer, Karl   Philosophie der Neuzeit/Aufklärung. Geschichte der Philosophie Bd.V, Reinbek 1969

Waelder, Robert   Die Grundlagen der Psychologie, Stuttgart 1969

Wilpert, Gero von   Sachwörterbuch der Literatur, Stuttgart 1969

Banges Lernhilfen

Wie interpretiere ich...

Neuerscheinung
Egon Ecker
Wie interpretiere ich ein Gedicht?
Methoden anhand von vielen Beispielen
ISBN: 0695-5   **ca. 160 Seiten**

In diesem Buch geht es nicht darum Gedichtinterpretationen vorzustellen, sondern einen Weg von vielen möglichen aufzuzeigen, wie man Gedichte interpretieren kann. Anhand von Gedichten der verschiedensten Epochen werden Hinweise gegeben, wie man inhaltlich und formal Texte erklären und verständlich machen kann. Die Arbeitsweise vollzieht sich dabei in vier Schritten: - dem jeweiligen Gedicht folgt eine Anleitung und Stoffsammlung - eine Gliederung und Gliederungsskizze - eine Ausarbeitung und Auswertung - Aufgaben zum Text

---

Edgar Neis
Wie interpretiere ich ein Drama?
Anleitungen zur Analyse klassischer und moderner Dramen
4. erweiterte Auflage 1993   236 Seiten
ISBN: 0697-1

Inhalt:
Methoden des Interpretierens - Erstbegegnung mit dramatischen Formen - Wege zur Erschließung und Analyse des Dramas - Die Dramensprache und Figurenrede - Was ist bei der Interpretation zu beachten - Arbeitsvorschläge.

Arbeit im Detail:
Titel, Personen, Handlung, Aufbau, Sprache, Realisation, Bühnengestaltung, Regieanweisungen, soziokulturelle und historische Einordnung usw.
Modellinterpretationen - Zur Theorie des Dramas - Literaturverzeichnis

---

Edgar Neis
Wie interpretiere ich Gedichte und Kurzgeschichten?
15. Auflage   208 Seiten
ISBN: 0584-3

Ein "Grundkurs", die Kunst der Interpretation zu erlernen und zu verstehen. Anhand von zahlreichen Interpretationsbeispielen wird dem Leser ein "Roter Faden" für andere Interpretationen mitgegeben.

Aus dem Inhalt:
Was ist ein Gedicht?: Weg und Ziel der Interpretation - Metrum und Rhytmus - Grundformen - usw.
Was ist eine Kurzgeschichte?: Wesen - Bedeutung - Gestaltung - usw.
Lyrik und Kurzprosa seit der Jahrhundertmitte: Ende und Neubeginn - Von der Kurzgeschichte zur Kurzprosa.

Egon Ecker
Wie interpretiere ich Novellen und Romane?
3. veränderte Auflage   202 Seiten
ISBN: 0686 - 6

Dieses Buch versucht Hinweise zu geben, wie Romane und Novellen interpretiert werden können.
Die Einteilung erfolgt in drei Abschnitten:
a: Informationsteil: Die Novelle (Der Roman) - Was ist ein(e) Novelle ....
b: Interpretationsteil: Biographie - Entstehung - Inhalt - Aufbau...
c: Übungsteil: Beispiele und Aufgaben

Preisangaben oder weitere Auskünfte über diese Titel erhalten Sie bei Ihrem Buchhändler oder direkt bei:
C. Bange Verlag - Marienplatz 12 - 96139 Hollfeld - Tel.: 09274/372 - Fax: 09274/80230

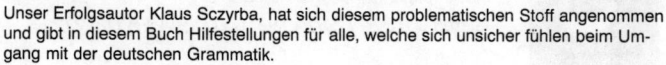